金門文學讀本

詩歌·散文卷

浯島潮聲

石曉楓、吳鈞堯 編

目次

散文卷

縣長序

文學薪火，華章綻放

陳福海

金門縣政府長期以來致力於文化建設，以保護和弘揚金門豐富的文化遺產為己任。能見證金門文學讀本的問世，令人感到欣慰，這是文化建設重要的一部分，也是對金門文學的高度肯定。

金門縣政府向來積極參與文化建設，包括支持文學活動、文藝表演，並鼓勵年輕一代參與文學創作。我們致力於保護和傳承金門獨特的文化，使這片土地的故事得以傳遞到世界。此外，我們也不斷投資於文學教育，希望培育新一代的文學人才，為金門文化未來注入源源不絕的活力。

值得一提的是，金門縣政府展開的多項文學編輯計畫，無論「開門長篇小說編輯計畫」，抑或辦理浯島文學獎、豆梨季等，旨在挖掘金門的文學潛力，鼓勵本地作家發表長篇作品，讓金門的文學更加多元且充實。透過這些計畫，我們不僅為金門作家提供了平台，更激發出文學創作的熱情，從而能將金門文學成果分享給更廣大的讀者。

金門文學讀本的出版，是一個有規模的計畫，《浯島潮聲：散文、詩歌卷》、《牧野篝火：小說、報導文學卷》裡包括了諸多豐富多彩的文學作品。這些作品反映出金門獨特的風土人情，承載了一代又一代金門人的情感和記憶。這本讀本將成為金門島鄉寶貴的文化資產，也將為更多人打開浯島的文學之門。

局長序

歲月磨礪，島嶼抒情

呂坤和

金門，昔日人文薈萃，更有海濱鄒魯之稱，這座歷史悠久的島嶼，雖遭遇戰火煙硝，但長期戰爭和軍事管制的考驗，並未能動搖金門人民堅韌不拔的精神。在歷史長河中，金門成為勇敢和堅毅的代名詞，烙印於歷史篇章，島嶼的每一塊石頭、每一片土地，都承載著滄桑的歷史記憶和情感。

金門文學的流變，宛如這片土地的變遷，以筆墨編織，書寫著島嶼與人民的共同成長。自軍管時期的緊繃，到解除戰地政務時期後的鬆綁，再到小三通開放後的流動，金門文學在不同的歷程中綻放，吸納了人民的思維，抒發著深沉的情感。而在時局的轉變間，它亦如音符飄揚，凝聚了歲月的韻律。金門文學儼然成為島嶼變遷的見證者，映照出居民內在的共感。

這次的「金門文學讀本」涵蓋小說、散文、新詩、報導文學四種文類，精選三十家金門文學作家作品。小說卷部分，我們特別選錄了朱西甯、陳長慶、陳慶瀚、吳鈞堯、張姿慧等五位作家的作品。在他們筆下，金門特殊的歷史地位和人民的生存處境，得以淋漓盡致地展現。散文卷部分，我們精心選取了楊牧、林媽肴、牧羊女、焦桐、洪春柳、洪玉芬、吳鈞堯、石曉楓、林靈、周怡秀等十位作家的作品。他們以細膩的筆觸，從不同的觀點和視角出發，描繪出金門常民風景中的記憶片段。報導文學卷部分，我們引入了李福井、楊樹清兩位作家的作品。他們以歷史筆觸，勾勒出昔日島嶼的關鍵時刻和歷程。至於詩歌卷部分，則涵蓋了管管、許水富、寒川、白靈、王婷、牧羊女、張國治、李子恆、蔡振念、翁翁、洪進業、流氓阿德、辛金順等人的作品。他們以詩意的語言，凝練的情感，傳達出心中那份熱烈的情懷。

金門的歷史，如同一幅精彩的畫卷，繪就人文的輝煌與戰火的悲壯。而金門文學，則是這畫卷中的珍貴筆觸，將島嶼的情感與記憶娓娓道來。在這本「金門文學讀本」中，小說、散文、詩歌、報導文學交相輝映，串聯出島嶼的多重面貌。願這本讀本，成為連結過去與未來的橋梁，讓金門的故事，在風華正茂中綻放光彩。

總序

尋找文學新址

吳鈞堯

《金門文學讀本》並非突然性讀品。

金門因戰地屬性，塑造為一組密碼，舉凡碉堡、大砲等，都是窺奇對象。開放觀光以及兩岸小三通以後，密碼逐次開解，可惜多以特產或新興觀光主題為主。

二〇〇三迄二〇〇五年，文化局出版三套「金門文學叢刊」，前縣長李炷烽在出版總序裡說：「希望金門文學叢刊，能夠走進每個鄉親的家庭跟心靈，開啟全民閱讀風氣，在濃烈的書卷氣裡體會分享與感恩的真義，讓海內外鄉親得以從文學中親近金門。」

巧合的是二〇〇六年四月三十日，中央研究院文哲所副研究員李奭學在《聯合報》讀書人版，就國立編譯館主編，五南圖書印行，編撰小說、散文、新詩等各四冊的「青少年臺灣文庫」文學讀本，提出看法，「〈總序〉裡提到文學性及臺灣性，是青少年臺灣文庫的編輯方向……然而，我另外也覺得文庫編得有些弔詭：名冊之中，幾乎看不到金馬作家的身影」。

故而提金門文學與灌溉，便不能不感到危機，尤其全球化時代，本土教育成為顯學，金門地域邊緣性很可能造就文學的邊緣性，更有需要全盤思考當下金門文學，該怎麼被看見、被閱讀，被重新發現，這是金門文學讀本誕生的近因。讀本邀請國立臺灣師範大學教授石曉楓、作家吳鈞堯擔任主編，經由嚴謹審核與定義，收錄小說、散文、新詩、報導文學三十家；文本、作者簡介與賞析共列，一次性、全面性，介紹當下富有代表性的金門籍作家，以及與金門淵源深刻的作家。

我們無意一新耳目，而織錦已然存在的作家與作品，在一個新的文學年代出發，再去找新的文學地址。

金門文學讀本

詩歌卷

花崗石岩層的不同熟成

吳鈞堯

白靈於《新詩讀本》導論中提到，臺灣因為特殊地理環境，以致新詩發展不同華人其他地區，並以「隨機性」、「不確定性」解釋二十世紀後半葉，開花結果的現象，並舉出新詩語言的「曖昧」。

金門詩人隊伍壯闊，讓人不得不聯想詩人們成長於烽火歲月，在戰地政務制度下，想說的話頭並沒有減少，只是必須截去其話鋒，給予新詩曖昧、歧義，如此看來，成長戰地竟成了寫詩的「血統」。到了新世紀，已經沒有禁錮的鐵絲網，連蝴蝶都能穿越，況且是風、何況是文字？而詩人與時光並肩，也展現豐富面貌。

陣容龐大的新詩陣容，外省籍的遴選以曾經在金門服役，或者擔任駐縣作家，有則參訪多次，留下珍貴紀錄。如管管、辛金順與白靈。管管曾長期駐守金門，退伍後仍多次參訪、演講，目睹金門走過軍管、小三通等年代，不少鄉親見證管管朗誦絕活，是金門的老朋友。白靈是臺灣新詩健將，寫詩、寫評、寫序，著作豐富精采，他多次參訪金門，並向金門當局提供文化諮議，充分發揮理工系詩人質地。辛金順本籍馬來西亞，因為駐縣與疫情，徘徊浯島近半年，出版《島·行走之詩》，出版「含金度」百分百詩集。多位詩人聯繫未果，則徒留遺憾。

自古以來，詩與歌本來不分家，先有李子恆以〈秋蟬〉等歌曲風靡兩岸，再有搖滾風格的流氓阿德獲得金曲獎。歌詞選錄的兩家，作品著重生活場景，韻腳則綿亙悠長，與新詩相輔相成。

洪進業曾經獲得時報文學新詩獎，他的長詩兼具抒情與敘事，跌宕壯闊，比喻常見巧妙。翁翁懷鄉情感深流，他鄉他地，都能引領進入鄉愁壺口。張國治懷鄉、懷親，都有格外有社會史情懷，示範如何把詩寫大。許水富詩歌、書法、繪畫都見長，新詩充滿實驗創新，多本著作自己動手設計，一新新詩界耳目。蔡振念儒雅端莊，對過往生活除了懷念，更多省思。牧羊女再出文壇振奮金門與臺灣藝文界，新詩素雅雋永，結構化於無形，〈乾杯不是酒〉由民視製作影像，定期播送。寒川雖居海外卻心繫家園，詩作常見初心，見證了家鄉遠，但有了詩心，家鄉也就近了。王婷婉約含蓄，是最晚「歸隊」的縣籍詩人，她亦擅長繪畫，多幀作品已用做新詩與散文集封面。

做為臺灣新詩界的一環，金門新詩的邊緣性格顯著，而受戰地身世影響，曾經封閉的背景，常賦予新詩悲傷底色。而今這些桎梏，都隨著拆解的鐵絲網，一一散給風。選集見證詩人們，翻越以及翻頁而去，或柔情或激越寫下生命史，都因為心中長住關懷，而有了詩句以後，便也擲地有聲。

ABOUT 管管

管管，名運龍，乃地球中國雲南山東青島臺北古介根國人民。寫詩畫畫演戲散文多年。詩與散文共十六本。得詩大獎二。詩入選各詩選多次，愛荷華國際作家計畫邀請作家，劉賓雁、陳白塵同期。影劇演了三十多部。一九二八年生，吃了不少糧食，慚愧而已，喝了不少酒，高興而已，喜歡開罵，挨揍而已。最近叫管管不著，外號半塵不染客。賈斯文不掃地。著有《燙一首詩送嘴，趁熱：管管百分百詩選》、《管管．世紀詩選》、《荒蕪之臉》等。

金門一個明朝小村裡的那棵梨花

昨夜敵人的砲彈還在身邊響呀
那棵站在明朝小村邊的梨花照樣開它的梨花
開了一樹白白胖胖嘴上點胭脂的小娃娃
對著那個被敵人砲彈撕碎的小村開著，對著
明朝的屋　明朝的磚　明朝的瓦　開著
當年這兒有人家
如今呢，換來了滿院的荒草破磚爛瓦
再也不見炊煙嫋嫋
孩子們的玩耍

那生了長長青苔的井裡住滿了青蛙和蝦蟆
有人逃去了南洋
有人搬了家
有人被活活的埋在那明朝的屋簷下
只留下
這滿院的荒草
幾張破門
半張桃符，寫著「忠厚之家」
任它風吹雨打
那棵站在明朝小村邊的梨花
依舊照樣的開著它的梨花
開了一樹白白胖胖嘴上點了胭脂的小娃娃
活像當年村裡黑黑壯壯的小娃娃
那夕陽照著，那炸碎的明朝的屋，明朝的磚，明朝的瓦
春風在吹著哪，春風在吹著哪
敵人的砲彈在遠方炸著

梨花照樣開著它的梨花
梨花照樣開著它的梨花
它也許是棵明朝的梨花
它也許不是一棵明朝的梨花
這且都不必去管他
只要梨花能照樣開著它的梨花
噢！梨花，梨花
不怕的梨花
向著古崗湖舊魯王墓
開著的梨花
根本不怕的梨花

賞析

吳鈞堯／文

管管是風格與技巧上相當反傳統的詩人，他的詩音樂性高，並常利用意象語與反理性的創作法來製造「驚愕效果」，也常出現意外的幽默性。〈金門一個明朝小村裡的那棵梨花〉充分體現他的寫詩美學。

曾多次目睹管管朗誦這首詩，有幾回，連稿件都沒有，竟能熟記朗誦，讓人稱奇。這首新詩以梨花的靜默佇立，對比周遭環境遷變，打仗了，後裔們紛紛離開故土，到臺灣、遠赴南洋，開啟金門人的遷徙史，有些房屋成為殘壁、有些因為逃難留下滿屋子寂寥、「有人逃去了南洋／有人搬了家／有人被活活的埋在那明朝的屋簷下」，然而「那棵站在明朝小村邊的梨花照樣開它的梨花」，人的戰亂國度不影響植物界國度，在一個空間象限中，更顯人間無情。

詩人寫詩以人為本，雖然「春風在吹著哪，春風在吹著哪／敵人的砲彈在遠方炸著／梨花照樣開著它的梨花」，但是，「半張桃符／寫著『忠厚之家』／任它風吹雨打」，指出戰火無法阻攔文化傳承，有些信念堅持如梨花，植物有花期，人的「花期」則在每一天，本詩的日常描寫遂有所指涉。天天苦難又如何，「開著的梨花／根本不怕的梨花」。是否真是明朝的花也不去管他，這是灑脫的時間觀，也是歷史真實，只消人在，不畏懼苦難，挺直站好，人就是梨花。

「梨花」與「明朝」是兩個重要意象，梨花開謝、人事是與非，為什麼是「明朝」而非「清朝」？根據時間演義，民國以前是清朝、再往前才是明朝，這便有漢族、異族的認同，也暗指國共之間的矛盾。

這首詩用了許多疊字，作為新詩用來強化主旋律，在朗誦場上，戲劇效果更好了。

許水富

ABOUT

一九五〇年出生，金門縣金寧鄉榜林村人。後移居臺灣桃園。臺灣師範大學美術系碩士。曾任編輯採訪、廣告行銷、文字工作、教職、畫家，並曾任教於金門金寧中學、臺中明道中學、桃園振聲高中。《島鄉蔓延》、《慢慢短詩集》、《巷弄詩集》、《我扛著我的詩上山下海。》、《孤傷可樂》、《多邊形體溫》等十八部作品。曾參與國內外文學評審以及演講，並獲得華人世界冰心文學獎、國內教育界師鐸獎、金門文化獎、五四文藝獎章、詩歌文藝獎章。

很瘦的萎縮

捧著聲音聽砲彈方向
測量學很準時的落在眾說紛紜中間
被剝了衣裳的童年很冷
把炊煙猜是飛機轟炸的火
數學課算不出我們會有許多多邊形年齡
尖銳的風寫滿樹上動詞
一場雨沿著故事邊緣發飆
燃燒的影子追逐瘦巴巴的零
剩下一屋子殘破嘆息
酒慢慢繁殖豐碩的淚水
灌溉今年最冷的冬天

冬天有首歌寫在湖南高地
鐵絲網裡看見絢麗在呼息
我們的乳名一路飛揚
夢破了洞看見許多萎縮的記憶

遷徙與抵達

彼岸。日落朝南的一盞燈火
生滅而飄零。七〇年代的疲憊胸口
種植四季變遷的血脈光影
那大片的星夜。您小小聲的指問
在最黑暗時序誰撐起繁衍彩虹
在最深的井淵誰掬滿一勺水色
在鐵絲網邊陲誰站在土地上流汗
父親耕牽。母親撿岸上浮游的海菜
傳言中這些都是故鄉遊子序列的鄉愁
島嶼潮濕的歷史音節。欲言又止
彷彿聽見詞彙惘惘裡最美麗的造句

風大。砲彈大。金門人最大
我親愛的父老。您們不會老
我們有番薯。高粱。愛和良善富有
芒種遍地口腹。五穀雜糧以及含淚濡血的慈悲
柴薪爐火。承續先民箕裘發音的造句
以陽光。人文及遼闊親情寫唇齒甘甜故事
安養淨土。棲息在幸福描繪的島土大地
有傳統美食。有紅磚黑瓦的斑駁修遠記事
更有朗朗笑聲的人情味。禮樂傳承
節慶祭拜。高舉香柱為子孫為來日祈求安順
家鄉生活有自己的桃花源。謙卑而喜樂
彼岸。日落朝南的一盞燈火
一架飛機越過微醺燕尾緩緩的降落

賞析

吳鈞堯／文

我曾經為文〈遇見許水富我們都輸了〉，因為他兼擅詩藝、書法以及藝術，甚至還熟稔行銷、廣告與書籍設計。尤其越近壯年詩藝更精，寫詩不再是少年郎的事情，壯年以後依然可以作為。他的詩集融合平面設計及書畫藝術，充滿詩意美學，對於金門的童年回憶、創作生命與私密情感都有發自內心的省思。

許水富新詩慣常跌宕，意象彎折起伏，〈很瘦的萎縮〉雖然不長，但情節非常豐富，「捧著聲音聽砲彈方向/測量學很準時的落在眾說紛紜中間」，才幾行，便已道出中共單號砲擊時，關於落彈遠近，這也是寂寥與無奈，生死災難成為茶餘飯後，不使精神勝利法，如何度過蒼白關頭。炊煙與轟炸的火，接著「多邊形年齡」，道出要在戰地成長、茁壯，除了父母辛勤勞務餵養，更多的福蔭是天意。生命會長成什麼模樣，吃了這餐有無下一頓，沒有人敢打包票。

幸好苦難以後仍有豐富多姿的童年回憶，那些呼喚我們乳名的人，而今換我們紀念他們。說情節豐富，是因為把戰爭、親情跟回憶都寫上了。

如果新詩也有「方位」，許水富擅長居中協調，使它們相容平衡，比如「童年很冷」、「轟炸的火」、「尖銳的風」、「豐碩的眼淚」等。

〈遷徙與抵達〉遍數島鄉溫度，多處調用散文用語。淺顯的白話文入詩，常因為它的素樸，成為最醒目的字句，「風大／砲彈大／金門人最大／我親愛的父老／您們不會老」，這裡的「白話」是詩人的「告白」，不經修飾地寫著對父母的懷念與愛。人間沒有不老的事物，唯有思念可以鍛鍊成金，散文用語安置在深切而瑰麗的字眼中，增加薄鹽一般的調味。

「有傳統美食／有紅磚黑瓦的斑駁修遠記事」等，都是島鄉日常，它們依然是島鄉的進行式，在每戶人家的初一、十五與節慶祭拜。這些日常因為人事已非，更顯珍貴，尤其人老了、父母不在，才訝然醒覺日常的珍貴。短短詩篇中，遍敘浯島懷念點滴、日常耕作以及思鄉情懷，濃密的情感在提煉後的字句中，徐徐綻放。

回到題目，何以遷徙、何以抵達？原來就是陰與陽、生與死，詩作白話日常，卻隱含詩人的宇宙觀。

寒川

ABOUT

一九五〇年出生於福建金門。五歲南來，先後畢業於華僑中學與南洋大學中文系，現為新加坡、印尼、臺灣、中國等地十多個華社組織的理事和顧問。著作有：《金門系列》、《寒川文藝評論集》、《文學回原鄉》、《我從金門來》、《高粱三題》和《書寫華崗》等二十多種；主編《華實串串》、《華崗依舊》、《新加坡金門籍寫作人作品選》、《百年華中情》等十多種。創作之餘，亦曾受邀參加在中國、臺灣、美國及亞細安等地舉行的文學會議，也擔任過多項海內外文藝創作比賽評審；二〇二三年三月，出任「國際華語詩歌藝術節」執行主席。二〇〇四年，獲印華作協頒授「印華文學功勳卓著獎」，二〇一八年獲頒「絲綢之路國際詩歌藝術傳播大使」榮譽稱號。

高粱三題

（一）

初嘗高粱
那麼一小杯
第一口燃燒在咽喉
「祖父是這樣喝走的嗎？」
還沒來得及心悸
甚至拒飲
同桌的文人雅士
便一杯又一杯地

迅速往我嘴裡送

58度的金門高粱不是
喝了三大瓶也不醉的白啤酒
舌頭畢竟未能阻攔
排山倒海而來的鄉情
「沒有金門人不喝酒
　不飲高粱」
忘了哪一位鄉親說的
那夜，我終於不能不喝酒
不飲金門高粱

〔二〕

返鄉後歸來
每一次總帶回高粱一瓶

親人的掛念
朋友的祝福
沉甸甸地
高粱讓我在醺醺然的雨夜裡
想著遠方的那一座島嶼
等待黎明喚醒

如果少時不離鄉
我會在哪裡
金門？抑或臺北
我終於發現
海島的孤獨。在眾人離去
又回來之後
依然靜寂

〔三〕

就在母親的村莊
那裡有金燦燦一片的高粱

風吹過後
這才發現這片高粱也夠醉人
黃昏，我就愛靜靜地佇立
看晚風中詩意搖擺的
高粱

還鄉，終究是一闋闋委婉的托詞
風獅爺不老
高粱酒香陣陣
二舅菜園前的那頭黃牛

而今在哪裡？

罷了罷了
我終於不得不承認
喝過村子那口老井的水
返鄉是一條無休止的路
縱使淒淒慘慘戚戚
幾代血緣地緣
豈能如此瀟灑地
便可切割

二〇一三年五月二十一日

後記：二〇〇二年中秋節首次返鄉，真正嘗到了金門高粱的酒味。之後回鄉總是不能拒飲陳高，雖然總是醉，卻也醉得美，醉得痛快……

無人——悼念二舅父

一通電話
我看到二舅父的大房子
屋前的那頭老牛不見了
菜園，無人耕種
無人在那兒澆水
一片荒蕪

親切就只有十年
父親走後那個秋天

二舅父見過的五歲男孩
離鄉後回來
第一次聆聽老人家說故事
五十年的悲歡離合
短短的一夜豈能說盡
話語終究如秋風
蕭蕭瑟瑟

從此，家鄉是一條經常往返的路
喝著高粱美酒
唱著李子恆[1]的〈番薯情〉
吃著貢糖，還裝滿一袋子
回南洋

依舊是秋天。母親在庭院前
對著兒女媳婦和孫子

訴說當年離開父母的無奈
「慶幸姊弟們還能團聚！」
才說不過一年
話語依舊縈繞在耳
二舅父
走了

終究是親人的叮嚀最傷痛
來不及再聽他說舊事
清晨乍醒，又再想起
二舅父屋前的那一塊田地
無人再種番薯
無人再把花生收成
無人再等我

1 李子恆，一九五七年生於金門，臺灣知名音樂製作人，代表作品有〈秋蟬〉、〈牽手〉、〈紅蜻蜓〉等等。

從村口
歸來

二〇一四年三月十五日

後記：二〇一二年歲末，二舅父終於熬不過病魔的折磨走了。遙想我五歲隨母親下南洋，二〇〇二年父親走後隔月，在金門縣政府邀請下，終於有機會第一次回鄉，見到我已毫無印象的二舅父。這十年來，每次返鄉，我總會探訪二舅父，或在他家小住。二〇一一年，更帶著妻兒，陪同母親和妹妹回鄉；還問舅父什麼時候來獅城走一趟。然而，最近的一次撥電回鄉，始知二舅父剛走不久，親人不想驚擾我們而沒通知……

賞析

吳鈞堯／文

寒川是活躍於東南亞文壇的縣籍詩人，獲頒各種文學榮耀，二〇〇二年中秋節首次返鄉時，筆者恰在現場，初識詩人與他的綿綿鄉愁。〈高粱三題〉中，有他的微薄的童年記憶，五歲的孩子能有多好的記憶？但故鄉作為血液基因，儘管金門童年短暫，但寒川仍記得高梁田與二舅家的老牛，以及一段難以忽視的身世，就在第一節「祖父是這樣喝走的嗎？」點出旅居在外，但對於故鄉人物、點滴都娓娓被述說，情境猶如幾乎每一個人對父母的提問，「我是怎麼來到這世界？」成長以後，演變成「我將如何看待這個世界？」

〈高粱三題〉便以歸鄉為引，「那夜／我終於不能不喝酒／不飲金門高粱」，而後，「如果少時不離鄉／我會在哪裡」？作為囝子、作為家眷遠赴重洋，是無法選擇，中年以後，過去的選擇仍深深影響現在的我，儘管知道根基在哪裡，但已經開枝散葉，漂泊終究命運，於是「還鄉／終究是一闋闋委婉的托詞」，血緣、地緣，難以瀟灑切割，但也可以釋懷「喝過村子那口老井的水」，從此「返鄉是一條無休止的路」，情愁複沓，斑駁遺跡都是詩眼。

寒川曾經帶一行人走入他生長的村落，指陳他曾經嬉戲的中庭、廣場。金門人哪能不飲故鄉酒，時間在高粱酒液中來回，人世茫茫，定數中也有不知名的變數，而這一切又自有規律，如同他回歸故鄉後，以酒代替眼淚。

〈無人——悼念二舅父〉正為〈高粱三題〉的延伸，「無人」指二十一世紀初一度荒蕪的田地，也暗指自己的缺席，成為最大遺憾。

少小離開故鄉，對人、景、物等，緣分都淺，二舅父不過五歲以前見過幾回，「離鄉後回來／第一次聆聽老人家說故事」，再次歸來，二舅父走了，「來不及再聽他說舊事」，一個人的離去也是時代與故事的離席，寒川感嘆生死，也遺憾沒有更多的夜晚與二舅父、還有高粱酒為伴，聽老人家敘述詩人缺席時，故鄉大小事。

「無人再等我／從村口／歸來」是淺顯白話，點出年紀越長，認識我們的前輩、故人越少，情感越是豐沛，越是適合淺淺去說。此作深情款款、遺憾深深，內文提到李子恆的〈番薯情〉，更點出身在僑鄉，傳唱金門點滴是豐富心靈的寶藏。

白靈 ABOUT

本名莊祖煌，一九五一年生，已自國立臺北科技大學化工系教職退休。曾任年度詩選編委，《臺灣詩學季刊》主編。創辦「詩的聲光」，推廣詩的另類展演形式。建置個人網頁「白靈文學船」。著有詩集《五行詩及其手稿》、《沒有一朵雲需要國界》、《流動的臉：白靈．新世紀詩選》及童詩集等十八冊，散文集《給夢一把梯子》等四冊，詩論集《一首詩的誕生》、《一首詩的玩法》、《新詩跨領域現象》等十冊，主編《中華現代文學大系（二）：詩卷》、《新詩30家》等二十餘冊。作品曾獲中山文藝獎、國家文藝獎、新詩金典獎等十餘項。

金門高粱

只有砲火蒸餾過的酒
特別清醒
每一滴都會讓你的舌尖
舔到刺刀

入了喉，化作一行驚人的火
燙進了歷史的胃袋
有誰的脖子和耳根
不紛紛升起
金門的輝煌
和悲涼

整片臺灣海峽唯這座島
配做肚臍眼
半世紀的駭浪驚濤
都裝在裡面
要幾瓶酒才倒得光

始終倒不出來的是歲月吧
從空酒瓶口望進去
望遠鏡中
卻是沒有一條船穿得透
茫茫濃霧

那就趁半醉半醒
雙手朝兩面一推
把海峽兩岸都推到

千年之外

但此時你卻醒在
酒瓶堆上
揉揉眼睛說：
「天呀，這裡種下的砲彈
竟比長出的高粱還多」

毋望在莒
——金門太武山所見

眼前料羅灣
再也不見眾男兒挺槍
前進
當年撩進海峽濡濕的褲管
自從晾在哪家女孩的窗口後
就忘了回收
有些匐匍上了岸
不曾開一槍
就爬進了

忠烈祠
因此都不如前面那山頭
挺得高高的兩乳雷達
傲峙峰頂
引得五色鳥生機勃勃
叫得滿天響
只有他老人家的字跡仍沙啞地
鐫在山壁
塗紅了前來憑弔的
老兵的眼睛
喉頭間跟著一字字滾動：

「無 望 再 舉」

「安全士官守則」變奏曲

月亮女王　一、負責營舍安全。

螢火蟲塞住槍口　二、監督械彈管制。

拉鏈拉起褲襠　三、嚴密水電管制。

鞋子們排在床前　四、檢查就寢人數。

狗吠聲到遠方去　五、巡視衛哨勤務。

蟑螂威風於牆頭　六、注意可疑人物。

小鳥點在電線桿上　七、接聽戰勤電話。

地雷永遠會自動　八、反應緊急事故。

但有誰可以　九、禁止老兵半夜叫新兵。

候鳥們嗅著神秘虛線正　十、循戰情系統回報。

賞析

吳鈞堯／文

白靈為臺灣重點詩人，有一個很大的不同是他寫詩，也出版新詩技法，演而優則導，詩作與詩指導，影響不同世代詩人。

二十一世紀初，曾多次參加金門文藝活動，比如兩岸海中會、詩酒節等，白靈也是受邀貴賓，他雖是「參訪」，未曾久居金門，但詩人的客觀凝望特別不同，〈金門詩三首〉包括〈金門高粱〉、〈毋望在莒——金門太武山所見〉、〈「安全士官守則」變奏曲〉，每首都匠心獨具。

〈金門高粱〉以「舌尖」、「刺刀」、「肚臍眼」等精準語言，直陳金門的戰地特性，作物以水灌溉，金門與高粱酒則以火萃取，「這裡種下的砲彈／竟比長出的高粱還多」，苦難彼時、豐收此時，但不會有人願以苦難作為交換，種種都是不得已的命運。第四節充滿哲思，讓詩境從具體事實昇華到人生感嘆，實體、虛境交織，獨到的「白靈式陳高」。

〈毋望在莒——金門太武山所見〉登高以後，低迴看心事，以青春、情愛等，作為詼諧基調，「有些匍匐上了岸／不曾開一槍／就爬進了／忠烈祠」，寫盡了戰爭的無情與荒謬。有人在戰爭中安全歸來，有人不幸淪為枯骨，雖然忠烈，但當年那個女孩何嘗希望所愛的人成為生硬的石碑，最後一節「塗紅了前來憑弔的/老兵的眼睛」，讓時間一下子倒轉到肅殺的五〇、六〇年代，強化了本詩的張力；青春華美、生理寫實以及生死無辜，構成人間真實。

〈安全士官守則變奏曲〉則採取形式突破，新解士官守則，為過往的肅煞氣氛增加趣味與反省。右邊是一板一眼、絕少人情的理念與信條，雖然僅羅列了，但已呈現軍中硬邦邦、不容商量的生活。左邊以寢室、營區、站崗等地點的所見所聞，看似輕巧可愛，卻不時有驚悚，「狗吠聲到遠方去」，狼狗為什麼而吠，安靜的夜緊張、懸疑，「地雷永遠會自動」，註解凶險海岸線，是被敵人踩中，或者漁民與同袍？或者那就是一批不良地雷，掩埋的確切地點沒有人知道，日曬雨淋後什麼時候爆炸，也沒有人知道。

室內到戶外，是軍中空間與四伏危機，笑中帶淚、淚中帶笑，誠如弘一法師所言「悲欣交集」，更加孤寂況味。

王婷

ABOUT

出生金門。臺師大美術學系研究所、中國文藝協會常務理事、中華民國新詩學會理事、乾坤詩社副社長、臺灣詩學、創世紀會員、野薑花詩社會員。得獎及展覽經歷：中國文藝獎章油畫創作獎、臺南美術館邀請展、臺南、臺陽、新北美展、苗栗油畫雙年展、兩岸名家邀請展——風華再現、中韓美展聯展、臺灣當代一年展、板橋藝廊個展、安德森藝廊個展、M畫廊靈光之愛個展等。著有詩集《帶著線條旅行》。主編《島嶼之外——金馬詩畫中越文選集》。

母親

雙眼和牆上的壁虎
已經對峙二十四小時了
夜正在變化
有些聲音從角落湧出
每一個句子都像需要
維修的時鐘
走著走著就亂了
我在您臥床邊
聽著聽著

時針游走圓池裡

滾動的舊日
在網膜中挖出兩個陷阱
雙頰和魚尾紋和
印堂上微笑的八字紋
裂成旱象

時間
緊緊跟隨母親

鐘聲陷在白牆
長夜裡
童年一一進入屋內
鏡裡髮色仍烏麗
鼾聲微隱
一群孩子捏手捏腳的溜出門打水漂兒
月光下

您的臉龐飽滿
鼻頭透著光

夜把壁鐘撥回現實
我認真擦拭鏡裡的魚尾紋
有幾條皺紋
仍不知情的爬到您的身上

賞析

吳鈞堯／文

乍見王婷，非常不像金門人，因其語音、輪廓，更像外省籍或者歸國華僑，交談以後才知道她心繫浯島。她是企業家、畫家、詩人，活躍於臺北藝文界、藝術界，對於藝文與同鄉事務莫不鼎力支持，出入各樣藝文與展覽場，她人到、花圈也到，人情溫厚讓人感懷。

她的詩集《帶著線條旅行》金門題材不挺多，少數勾勒金門外，遍及生活偶遇、旅遊所識，因為寫詩是依隨心眼而行，故鄉是抒發對象，但並非唯一。詩集以短詩為主，詩、畫合一，如詩集所言，「畫是實，詩是虛象，以虛實之間做為創作的靈感，將不同的形象連接、分開，再產生新的串聯」。

〈母親〉是王婷回歸母土的深情之作，也是難得的「長詩」。詩作回歸童年，敘及自己年少、母親青壯之際，詩作不見硝煙、砲火，安靜於母者的形象，在時間的流動中，摘取一個切片，記錄母女互動。

「雙眼和牆上的壁虎／已經對峙二十四小時了」，壁虎是夜行動物，對親人的思念，不直書輾轉難眠，而採取象徵手法，更顯鮮活。「每一個句子都像需要／維修的時鐘」進一步點出時光命題，而時光是一只頑皮的球，彈來彈去沒有中止。於是帶出下一節，「一群孩子捏手捏腳的溜出門打水漂兒」，童年與當下中年、母者的在與不在，像是在一個晚上統統都發生了。

時間做為主軸，但是不著痕跡，小孩長大、媽媽變老，而後自己變老，擁有與媽媽一樣的紋路。紋路便如時空迴廊，是母親的，也是自己的。生命的堅強與脆弱，相應相生，流動中，悄悄人事已非。

牧羊女

ABOUT

本名楊筑君，出生於風光明媚的金門慈湖畔。現任《金門文藝》雜誌社社長，金門旅外藝文學會副理事長，金酒胡璉文化藝術基金會董事。十七歲開始創作，其間因謀求財務自由及養兒育女，中斷寫作數十年。著有散文集《海邊的風》、《五月的故事》、《裙擺搖曳》、《島嶼，沒有遠方》、詩集《井邊的故事》。退休後重拾寫作之筆，獲浯島文學獎小品文獎、二〇二〇年獲浯島文學獎散首獎、詩佳作獎。二〇二一、二〇二二獲金沙散文獎。

乾杯·不是酒

海峽的浪翻滾，
似浯島被風吹過的麥田
浯江溪水靜闃，
父親與我之間換了密碼

幼時赤腳追逐，只因夏日一枝冰棒

約會總是像貓一樣
冰果室大門開著
咖啡館尚未誕生
木麻黃是一排不敢張揚的嘴舌

針葉燒著灶上的貧困

地雷羞慚躲在地底
軌條砦獨吞海浪憤怒書
母親張羅的春夏秋冬成為紀念品
臍帶被剪，臺灣海峽哽咽
哭泣離巢的青年
背著輕輕叮嚀：要吃飽哦

異鄉異地讓青衿蛻變
著一身洗過的衣褲回鄉
喝著沸水煮成拉花拿鐵
天意組成一籬菊花
島住著陶淵明

日夜昇華成一江波光

一顆珍珠鑲在水面閃爍
繁花盛開是因土質突變？
不，是父親汗水淚水交織
左腳右腳邁出一個世紀

醇厚酒香入喉，不僅是酒哪，

我飲58度汁液醇甘
站在太武之巔，邀您舉杯
乾一杯倫常，
乾一杯苦難，
再乾一杯就是歷史

賞析

吳鈞堯／文

牧羊女本名楊筑君，早年朱西甯搭機到金門，讀了她的散文，曾經驚嘆這是「金門的張愛玲」。她出道早，與金門資深作家陳長慶、林媽肴等都有交誼，近年率然離開保險業職場，於散文與新詩都有精進，詩作〈乾杯．不是酒〉更成為「飛閱文學地景」系列影音作品中，第一位金門縣籍作家。

牧羊女為詩貴在靈巧，彷彿回到少女初心，一切都靜悄悄、霧濛濛，世界正在為詩人展開畫布，〈乾杯．不是酒〉以酒為鄉愁的引子，寫親情、青春約會的秘密甜蜜、搬遷異鄉臺灣以後與故鄉的牽連，林林總總記憶猶如純釀高粱。除了情感底蘊以外，詩作情節豐富而隱喻，「父親與我之間換了密碼」以及「夏日一枝冰棒」，可以想像父親心疼女兒，而冰棒實屬珍貴，不是人人有份，父親如何用眉眼打電報，女兒能讀懂，且不為外人知曉，兩代互動漾然成趣。

父母形象、作者旅程以及島嶼的故事，在以抒情為底的調色中，調和敘事的軌跡，「地雷羞慚躲在地底」快速交代戰地風情以及遊子遠離，「異鄉異地讓青衿蛻變」，作者成了婦女版賀知章，少小離家再回來，帶來滿滿的故鄉愛，「天意組成一籬菊花／島住著陶淵明」這時候島鄉硝煙已散，宜居宜情；「日夜昇華成一江波光」是時間味道，人事已非沒有關係，思念在、所有消逝都可召喚回來。

所以「乾一杯倫常／乾一杯苦難／再乾一杯就是歷史」也是本詩的敘事結構，看似清淡、抒情的素雅新詩，根柢有著厚厚的花崗石層。以時間釀造、以心事對飲或者對影，於是飲酒不單是腸胃與肝膽，「無三不成禮」有了新的解釋。

厲視登／攝

張國治

ABOUT

國立臺灣藝術專科學校美術工藝科畢業、國立臺灣師範大學美術學系文學士、美國芳邦大學藝術碩士、福建師範大學美術學專業文學博士。二〇二三年二月一日從國立臺灣藝術大學專任職退休，現為臺藝大視覺傳達設計學系及師大美術系兼任教授。曾得過二十餘次的文學、美術獎項。著有詩集《帶你回花崗岩島——金門詩鈔．素描集》、《戰爭的顏色》、《歲月彩筆》、《無以名之的風景——張國治詩畫集》、《紋身張國治詩畫集》共十冊；散文集《愛戀情節》、《濱海劄記》、《家鄉在金門》、《藏在胸口的愛》、《寫給金門的一封信》、《精神還鄉的時節》共六冊；評論集《金門藝文鉤微》以及攝影集《暗箱迷彩——張國治視覺意象攝影》、《由黑翻紅——張國治２００９攝影集》等共十九冊。主編《臺灣文化創意產業大賞》上下兩冊。

帶你回花崗岩島

1

遠航波音 737 已飛航臺北尚義之間
如果你願意，我們將仍坐艦艇
越過二十四小時航程
在黑夜洶湧的浪潮
聽料羅灣濤聲驚起
橫渡歷史的海寇傳說、流血漂櫓
以潮水的升落和游移
描摹先人的渡海，戰鬥和薪火

穿越風雨向歷史深入，我們
將回返故鄉的花崗岩島

2

在植滿木麻黃、苦楝、鐵蒺藜
故鄉的島，穿越防風林、風聲
讓我們探索硝煙，砲火的歷史
高粱和花崗岩隙植綠的傳奇
在掌心胸臆之間
試著記取硝煙和痛苦
石層的剛毅和堅忍
有生命比陽光還強悍
有泥土比礦泉還純淨
有岩層比風雷還勇敢
花崗磐石是這一切的見證

凜凜巍峨，忍受風沙砲擊
屹立不搖

3

這一切極其真實，筆直馬路
不必穿過紅綠燈、交通瓶頸
你不再驚駭噪音、水源污染、浮塵
白鳥自在飛掠地瓜田、野百合
蟬鳴，閃過我們纍纍童年記憶
我們向土地再學習的意志
合院祖厝琉璃牆後一畝田
春分時節，我們可以耕種高粱
包穀[1]，看一粒麥糧迸開新芽

1 包穀，玉米，金門家鄉話叫「包穀」。

在虛無的心田蘊含一株新綠
讓我們認真地歌唱
一起認知土地的創傷，去工作
去傳承開闢溫厚的土地

4

堂屋泥印猶存我們疲乏的
現代步伐，幽蘭在院前吐納
匾額高懸，仍有朗朗誦讀隱現
我帶你去浯江書院
濡沫南宋以來理學薰陶
往福建內地血脈相連
關於薪傳，你必須認識這些
我們將坐在蒼老隱巷台階
扶起鄉野風韻的杯耳啜飲醇茶

面對四合院燕尾向藍天伸頂
和緩舒曲的簷際，讓傳統和現代
一起停憩，不再爭執
讓飛雁的行列準確化為鄉音
繁星新月譜成新曲

5

海風吹向玉米田，井水來自
先民的挖鑿，砲聲，硝煙
綠的植物，那是島的世界，充滿
花崗岩警示，無遠而弗屆，不是
你斷行的詩句所能賦頌，不是
你有限的彩筆所能夠刻劃
這是我們的土地
鏗鏘的聲音在我胸中迴旋

你不必驚慌，往狼尾芒花的
四合院走去，使用簡單的閩南語
迎向村人鄉情的招呼，微笑
點頭，你本流著這島上的血液
你是回到故鄉，我們最後的
精神堡壘

6

讓我們一起再向土地信仰
我們曾經失落在城市和
知識的論辯
在不安的年代，在忿怒之中
我們曾經見過，一些潛走於
宣言、權威的危機

我們也在晦暗中
撞見一些遙遠的閃光
終於能拭去陽光中的浮塵
終於能回返故鄉的花崗岩島
認真的選擇最後的城堡

賞析

吳鈞堯／文

縣籍詩人多數精通詩藝，且兼及藝術，比如繪畫、攝影等，張國治即為代表人物之一。他的文字創作包括論述、詩和散文，早期題材均與金門有關，充分表達他對鄉土深切的熱愛。後來則將此情懷轉向臺灣本土，筆調細膩溫婉，從抒情出發，落實於生活之中。

張國治《帶你回花崗岩島》是第一本以金門為主題展現的詩集，帶著一種文化地標的指向，並將個人的藝術熱情延伸到對整座島嶼文學、藝術脈動的觀察。

〈帶你回花崗岩島〉全文近百行，早年浯島交通困難、戰爭記憶、溫潤鄉土、文化傳承、人情日常以及吾鄉作為信仰都有適切鋪陳。〈帶〉除了抒情，敘事是其中主軸，甚至可以當作金門近期的社會開發史詩來看待，第一節「遠航波音737」、「艦艇」，儼然已是考古題，遠航早因財務問題解散，但在當年則拔得頭籌率先領飛金門、臺灣；艦艇已被郵輪取代，除了重大節日，否則甚少啟用。「不必穿過紅綠燈」這事已在金門絕跡，只要進入人口稍多的城鎮，滿是紅綠燈。

〈帶你回花崗岩島〉具備社會發展意義，情意深切便寫得真誠，然而張國治還有一股傲氣，「關於薪傳／你必須認識這些／我們將坐在蒼老隱巷台階／扶起鄉野風韻的杯耳啜飲醇茶」，誰說傳統都是老掉牙的事物，不須除舊，只要心眼打開，處處皆新。

另一首限於篇幅，本次未選入的作品〈清明的詩〉同樣值得一讀，其詩語氣哀傷，交錯時事，凸顯時光的有情與無情，全文刻意淺顯化、情節化，畢竟深切的悲傷宜以素顏相見，與〈帶你回花崗岩島〉正好形成兩種格調，並呈現人母的在與不在，作為人子的位置，「寫了一首紀念你的詩／治癒我對你的思念／還入選年度詩選」，人子對人母最尊崇的懷念便是榮耀她。

這首詩更標榜兩岸之間的情緣、血緣，不是政治力量可以劃分的，「我老埋怨／你不走那麼早／我一定帶你回惠安」，隨後人子跑了一趟母親來不及完成的旅程，不為其他，而為了人們各有來處，慎終追遠因而不是口號，張國治完成母親心願，雖然人母沉默、人子沉默，但走過的旅程便是人生。

李子恆

ABOUT

一九五七年 生於金門縣金湖鎮瓊林，就讀金門高中一學期後，十六歲孤身至臺灣。畢業於省立楊梅高中、國立藝專美工科（現為國立臺灣藝術大學）畢業，擅長填詞與譜曲。從事音樂創作三十年，八〇年代經常受邀知名歌手填詞譜曲（有江蕙、蔡幸娟、小虎隊、周華健、姜育恆等）。寫詞又作曲在流行音樂界闖出一片天地，目前發表的詞曲作品四百多首，製作唱片七十多張。曾以〈秋蟬〉獲金鼎獎作曲獎、以〈牽手〉獲第五屆金曲獎最佳作詞人獎、以〈成長〉獲第二十屆金曲獎最佳作詞人獎；二〇一三年，以〈回家〉（李子恆《回家》專輯）獲第四屆金音創作獎最佳民謠單曲獎；二〇一三年，以〈海岸線〉入圍第二十四屆金曲獎最佳年度歌曲獎、最佳作曲人獎、最佳作詞人獎。

回家

你　踩了人家的腳後跟
你　浪花一般濺得我一身
你　哪兒掙來的小位子
萬水千山　埋頭大睏
嗯　睜眼晨星　閉眼黃昏

你　夢一做挺過雪風暴
你　心一飛管它路斷河水高
你　惦著窗口那盞孤燈
一會兒靜　一會兒搖
嗯　一會少年　一會兒老

你或許你　不再騰雲駕霧　餐風宿露
或許你　不再乘風破浪　夢想理想
或許你　還得攜家帶眷　左顧右盼
或許你　依舊獨來獨往　一身月光

但是你　永遠一張票根　換了又換
但是你　永遠一等再等　天黑天亮
但是你　一顆星就出發　大江大海
但是你　越是紅塵黃沙　越要完成它

嗯　一身月光　紅塵黃沙
嗯　一身月光　紅塵黃沙

一個踉蹌　半個世紀身段
一推開門　陣陣陳年酒香

一個踉蹌　歷史腳傷未曾好
一推開門　耳邊傳來
嗯　誰啊　這麼晚

番薯情

細漢的夢是一區番薯園　有春天也有風霜
番薯的心是這呢軟　愈艱苦愈鰲生存
故鄉的情是一滴番薯乳　尚難洗啊尚久長
番薯的根是這呢深　愈掘愈大貫尚好種
感情埋土下　孤單青春沒人問
夢鄉穿砲彈　滿山的番薯藤切𣍐斷
阮是吃番薯大漢的金門子　黃種白仁心赤赤
咱是靠番薯生活來疼生命　著愛一代一代傳過一代聽

賞析

吳鈞堯／文

李子恆曾以〈秋蟬〉獲金鼎獎作曲獎；一九九三年，以〈牽手〉（民視連續劇《娘家》片尾曲）獲第五屆金曲獎最佳作詞人獎，不少歌手、團體，都因為唱過他做的詞曲而大紅，《回家》專輯聚焦原鄉金門，殊為難得。

番薯生命力強，土質堅硬如金門各地、鬆軟如臺灣金山等，只要能夠依附泥土，便能夠攀緣而生、而茁壯，甚至懸空了也能結出塊狀，也就是番薯。番薯性情堅韌，而金門自明鄭以來及命運多舛，一下子作為反清復明基地，一下子又成為反共抗俄前哨，金門命運與番薯性質竟爾有了等號，不離不棄，成就一方榮耀。

〈番薯情〉歌詞雖短，但以番薯乳、番薯根、番薯藤等番薯獨有的特性，跟金門人堅毅個性做了結合，「細漢的夢是一區番薯園」，番薯不若米糧被重視，卻是少年的夢，道出蒼白年代，一點奇想已夠滿足，點出戰爭時代，微微顏色已夠作為彩虹，〈番薯情〉以白話寫實為主，穿插心底情愫，「感情埋土下／孤單青春沒人問」，誰被埋、誰孤單，可以指莊稼漢、婦女、少年，以及這個島深刻的冀望。該曲在金門與南洋，成為傳唱名曲。

〈回家〉獲第四屆金音創作獎最佳民謠單曲獎，淡薄了地域關係、淺化了浯島民俗，走向普羅大眾，素、雅並陳是該作的特色，「一會兒靜／一會兒搖」、「嗯／誰啊／這麼晚」都非常淺顯日常，但這是撐起文雅的槓桿，讓「惦著窗口那盞孤燈」、「夢一做挺過雪風暴」、「依舊獨來獨往／一身月光」，以及深沉的關懷「歷史腳傷未曾好」，李子恒以詩詞特質融入歌詞，揉合白居易的素雅與杜甫的寫實關懷。

「踩了人家的腳後跟」是大家都會有的行路毛邊，被李子恒從生活當中提煉出來，用作隱喻，一切鄉愁、情愁的推動，常常就是一個不小心，便愁如潮水。無論人生如何拚搏，買過一張張票根，漂泊終究沒有止境，歲月安靜處都在故鄉。

詩人在壯年之際製作的《回家》，是繁華落盡的素淨，陳列遊子再怎麼名揚四海、白雲為家，一回頭，故鄉就在回眸處；尤其結尾「一推開門／耳邊傳來／嗯／誰啊／這麼晚」，只要曾為遊子，都聞之潸然淚下。

蔡振念

ABOUT

福建金門人，畢業於臺灣輔仁大學中文系，文化大學中文所。一九八五年赴美國留學，獲威斯康辛大學文學博士，一九九二年返國任教中山大學中文系，曾獲中國時報青年優秀學者獎，現已從中山大學中文系退休。發表學術論文四十餘篇，學術論著《與現代詩共舞》、《高適詩研究》、《杜詩唐宋朝接受史》、《蔡復一遯菴詩集校注》、《父子名宦——瓊林蔡貴易與蔡獻臣之學行》等五冊；現代詩集：《陌地生憶往》、《漂流預言》、《水的記憶》、《敲響時間的光》、《光陰絮語》、《漂泊的島鄉》等六冊，散文集《人間情懷》，編撰《臺灣現當代作家研究資料彙編．三毛》、《20世紀文學名家大賞．郁達夫》等。並有書評、譯稿散見報章雜誌。詩作曾入選多種年度詩選。

失鄉的鱟[1]——為金門鱟而寫

一道道海堤與港灣
方便了艟艨進進出出
消波塊消滅海若的波濤
也消滅了你遠古的居處

你是藍色星球最初的子民
生物學家眼中的活化石

1 鱟又名鋼盔魚、夫妻魚，雌魚背負雄魚產卵於淺海沙灘，兩兩相隨。

我童年最親密的玩伴
四億多年遙遠的泥盆紀
我只能仰望遙想與嘆息

那時裸蕨與菊石瘋長
珊瑚產卵，兩棲的爬蟲
羞澀地在潮間帶追逐求偶
昂然挺進，你以鋼盔般的意志
預告了達爾文深奧的天演理論

鋼盔般的意志，一路挺進
挺進了石炭紀二疊三疊紀
當侏儸紀的恐龍也宣告了
關於生存種種哀地滅頓書
你猶徜徉自恣，往來思考
演化與美學的二元辯證關係

我們是地球稚嫩的紅嬰
拒絕演化，以洪亮的嬰啼
拒絕拋開口欲，拒絕斷奶
蹂躪地球母親，海洋與陸地
蹂躪你美麗的鄉居

童年與你在海灘相遇
你透明的卵宛如珍珠
我曾經夢想那是我
掛在新娘胸前的禮物
像百年恩愛的鶼鰈，你兩兩
演示了夫唱婦隨的人間風俗

你拒絕再回到傷心的鄉居
變貌的泥化沙灘與水泥

不適於孵卵，不適於孵夢
他們說海港與海堤才有商機
而萬物生生，夢想的居所
終究是生機，不是商機

賞析

吳鈞堯／文

蔡振念是學者、評論家以及詩人，自言以詩作為記憶世界的方式，同時也是告別的手勢，於詩歌語言、情感幽微處思考，辯證抒情與敘事的界線，從死亡、漂流、移居的主題觀視生命與時間的消逝，從傷痕中深深撫觸料峭的風景。〈失鄉的鱟——為金門鱟而寫〉表現他的創作自述，且關心鱟的生態與生存，在鄉愁、緬懷之外，別具一番詩滋味，更發人省思。

「消波塊消滅海若的波濤／也消滅了你遠古的居處」，指陳人為了防災，爭取生存空間，與大自然爭地、爭存在。「人定勝天」是以往人類鼓勵自己的信條，卻忘了大自然界，有更多不爭不取的「子民」。鱟，是「生物學家眼中的活化石」是金門民智漸開以後的認識，以前只是「我童年最親密的玩伴」。尤其物資貧乏時代，能夠耕作收成、能夠捕撈的，都彌足珍貴，一般漁家捕獲鱟，並不立即宰殺烹飪，置於中庭任孩童嬉戲，又天真又殘忍。鱟在中庭，爬來爬去，依稀「猶徜徉自恣，往來思考」，而牠再怎麼思考，也難以想像被宰殺，成為盤中飧。

詩人反省人類本身，我們「拒絕演化／以洪亮的嬰啼／拒絕拋開口欲／拒絕斷奶」，於是哪一種物種才是遠古化石呢？人類調用各樣學問，為萬物研究、分類，常忘了自己才應該被檢討，「達爾文深奧的天演理論」讀來格外諷刺。

詩人也用「你透明的卵宛如珍珠」、「掛在新娘胸前的禮物」，以鱟的性情比喻人間美好愛情，夢想的可就與能否抵達，終歸一念以及行動，而「萬物生生／夢想的居所／終究是生機／不是商機」，對比鱟被製成標本放置街頭、景區，成為一則警世喻言，提醒人類如何與萬物共存。

翁翁

ABOUT

本名翁國鈞，生於金門。歷任中國時報美術編輯、時報出版設計主編及雜誌社總編輯、設計公司、傳播公司設計總監等職。現主持不倒翁視覺創意、兼任金門文藝主編，文訊雜誌、臺灣文學發展基金會藝術顧問。中華平面設計協會、中華藝術攝影交流學會監事、金門旅外藝文學會理事。平面設計專職，創作包含視覺設計、攝影、插畫、文創開發等。著有《書的容顏》、《柴門輕扣》、《禁忌海峽》、《睡山》、《緩慢與昨日》、《無江》、《看不見的風景》等。曾獲平面設計在中國獎、中華民國視覺設計書籍設計金獎、臺北國際視覺創作封面設計金獎、中國華語金曲獎最佳封套設計獎、文化部出版品金鼎獎等。

慢漫六唱

——慢漫民宿短暫一夜

說忍不住懷想起荒山瘦水紅瓦朱簷
古典就靜悄悄橫陳在桂花漫舞的晚秋廳堂
夜有眸子澄澈水漾
妳打古典裡款款走來

燃一抹猶豫於秋冬之間的傾斜餘光
就點亮一程想像與微醺的旅程
會是理想的孤獨島哪
中年的我　總這麼想

怕遺忘的總是遺忘
想狠狠記住的通常沒能留著
打一盞燈籠借一抹光　借你臨去匆匆殘留的風霜
唯恐日暮昏黃後不經意就將你遺忘

黝黑裡匿藏著荒年冷峙的禁忌
紅色是母親的體溫　潤綴著每一次童夢
寶藍不容羞辱　扮演恆久不墮的神聖
那亮燦燦地黃呀　大辣辣暈滿一整座騷動的島

捧一盆恣放的九重葛如果還不足以表達我的盛情
那麼就邀秋日午後的金黃暖陽列隊歡迎
旅人請進　慢慢慢慢　請進
莫要驚醒沉睡已久遠的磚瓦簷影

慢慢的流光慢慢享用　慢慢的心事慢慢編織
慢慢的閒情慢慢翻閱　慢慢的悠雅慢慢品嚐
慢慢的河流慢慢慢慢的感傷
慢慢的青春啊　慢慢吟唱

後記：二〇〇九歲末返鄉，寄宿珠山慢漫民宿，靜享閒適優雅的懷鄉一夜，並記。

賞析

吳鈞堯／文

翁翁二〇一一年七月出版詩集《禁忌海峽》，林文義在推薦序提到：「文學書寫是內裡深藏的詩人靈魂亦是理想不滅地保留；金門，美麗的歸向。」楊樹清則說：「翁翁的詩，既不魔幻超現實，也不純然紀事寫實，詩意象與詩語言中，他選擇較單一的畫面，運用純淨的文字以及拉出音樂性，經營出屬於島鄉人的共同記憶情節……」翁翁作為傑出的紙本設計家，設計與文字共治，是翁翁的獨到之處。

〈慢漫六唱——慢漫民宿短暫一夜〉的「六」指六小節，非常節制且恪守秩序美感，每節四行，記二〇〇九年歲末返鄉，寄宿珠山「慢漫民宿」。第一節、第二節寫暫居他者的民宿，而所有「他者」總能帶來「我心」的歸向，人與物、以及情景等，出現時有如撥開薄幕，靜悄悄，往事正在分幕跟演出。

第三節開頭「怕遺忘的總是遺忘／想狠狠記住的通常沒能留著」，為情念驅動作了註解，任憑遊子再怎麼窮盡思念的動力，記憶有其半徑，雖然有到達不了的地方，仍清楚記得砲擊時的驚慌，以及和平時代，美好的寶藍夜空。

「九重葛」特性是花多、小而不顯著，「捧一盆恣放的九重葛」隱喻心事的凌亂難以釐清，在夜深之際、往事如潮，談建築型態、情調，以及遊子瀕臨中年，靜夜獨坐或者獨酌，一切靜謐如同不肯眠去的星星，於夜晚眨動心事，以散文為底韻，鋪陳細緻情境。

沒有人會去數九重葛花開了多少朵，但靜夜當下，對於花朵跟洶湧心事，也不禁數了起來，最後一節，「慢慢」作為堆疊，「慢慢的心事慢慢編織」、「慢慢的河流慢慢慢慢的感傷」，便有著時間與心事的重量。

洪進業

ABOUT

筆名洪騂，一九六四年冬出生於金門金城南門農家，莒光國小、金城國中、金門高中畢業。臺大歷史系所學士、碩士、博士（一九八七、一九九二、二〇〇三）。曾任臺大歷史系兼任講師、僑大兼任助理教授。現任職澎湖縣政府文化局。一九八二年就讀金門高中二年級時，首度在《金門日報》副刊發表作品。新詩曾獲：一九八九年中央日報文學獎，一九九〇年時報文學獎推薦發表，一九九三年聯合報文學獎，一九九二、一九九四、一九九五、一九九六、二〇〇三年教育部文藝創作獎五次。散文曾獲：一九九三年教育部文藝創作獎，一九九五年全國學生文學獎散文首獎暨一九九六年中央日報文學新人獎。二〇〇五年出版新詩集《離開或者回來》（金門文化局／聯經出版公司聯合發行）。

回鄉——獻給故鄉金門

1

依舊是跌宕的鄉音
彷彿節慶持續的鼓點
永恆而潔淨：就在
遙遠星辰直指的象限
釀造我生命漩渦的地方
潮聲拍拂著島的手臂

迎著燦然指標，再一次
我進入原初的喜悅
以開展的眉睫俯視蒼巒
就像不知年代的曠古洪荒
喧浪中，白銀之海
舉起了啞鈴般的一片
花崗岩世界：淋漓的元氣
不是海倫與維納斯的故鄉
泡沫中誕生的那種美
它剛勁的名字有如鳴鏑
帶著金屬驕傲的質地
又像足下嵌上了馬蹄鐵
鏗鏗鏘鏘狂奔的健馬
自李唐凌凌獵獵洶湧而來

2

是誰站在那高崗上
望著略嫌貧瘠的土地
注入慇懃的淚和血？
路與灰塵啊是一千年的先民
慘淡經營了這蕞爾海濱
澆薄的一隅：在風雨聲中
高歌播種的歡喜哀愁
叫沁甜的南瓜破土而出
如溫溫的太陽在每天早晨……
啊我是藤葉沾露的地瓜
親身體驗這深切著明的熱量
如何喚醒大地的顏色
激勵厚肥中的胚芽
把晴耕雨讀的心情寫定

從秧苗的茁健到十月
蟋蟀入我床下，縷縷纖纖
都留給燃脂冥搜的子孫
確認這份傳家的產業
歷盡滄桑，粒粒皆苦辛

3

在長眠的恍惚中悠然轉醒
面對著廣張的木麻黃
苦楝和相思樹，年輪
在迴遞的季節變幻裡
壓縮心臟鼓盪的旋律
接近充滿綠意的宇宙生成
又頻頻敲扣那一面歷史
的水鏡：一月映千江

往事是淡淡縠紋平
只有東來的大儒，留下
整齊人倫的溫煦教化
伴陪著專心聖賢的士子
如耿耿不寐的短檠三尺長
躍向海中天，揭開了
魚的序幕，平人的瀟湘
又喚醒一個大明孤臣
在峨冠博帶焚後的灰燼中
細細思量著古聖先賢們
另一番可能的大事業
——啊生命的激流如是
遇見了掀天排空的巨浪
前方就是伊拉．福爾摩莎
肅穆的森林請俯下身來
請護衛一支為了再度西旋

而向茫漠遠征的艦隊吧

4

像一艘自烈嶼出發的戎克船
裝載著簡單的磚瓦與食鹽
在貿易風的同步旅途中
默念著溫暖的黑潮
將能滌清視野：將自己
補給成一座更大的島——
而如今我悄悄回航
彷彿颱風前搶灘的戰艦
青山低昂，甲板上積滿了
故鄉水：哦這母性的港灣
長燿的春暉，依然
明明在上，令人動容哪

當我走過多少浮華的城市
檢遍了所有理想的歸宿
對著漫瀚的星辰我乃宣稱
我愛這島的一切，我愛
因為，這裡就是世界

5

長命無絕衰，永恆的誓約
寫在傾圮的城南郭北
紅底金字的愛，婉婉囀囀
隨著喜鵲的歌喉往上飛
不管左翼投下幾百萬顆的
轟轟慟慟，製造了多少
驚惶不安的防空歲月
牛依舊要踱過紅土的壕溝

讓七齒犁耙梳洗著大地
讓五爪金龍慢慢爬上
國民小學的階梯：而茼蒿
繼續測度菜市場的秤鉈
招喚赤身露體的黃魚
相約在黃昏後的餐桌上
飽我孤獨寂寞的腸胃
五穀豐登的餐宴，一個
感謝老天的綿綿儀典

6

現在是七月，蟬鳴滿樹
褐膚的高粱正支頤臥在
粉頸低垂的莖稈上
靜靜地裸睡著，清風

微微吹，藍天籠罩四野
豔陽催熟了夢與穗
我確然感覺搖晃的暈眩
又回歸到定位：就是
鋪曬在那柏油路上
準備卸下穀實的樣子
一顆顆經過車輾
脫爆而出的金色圓錐體
在慶祝年成的欣慰中
遶著地球的圓心，兀自
以逍以遙地舞了起來
彷彿敦樸的吾鄉一老農
將我帶進無怨的世界
佳實，以釀醇烈的美酒
糟粕，還食田野的豬隻
——啊啊身在黃昏故鄉的我

是分明清楚了這樣的感動
就似返鄉拾穗的路得
豐滿的心靈必然遭遇過的
嗩吶，關廟，寬闊的風……

老媽的新址

遠遠的，秋風吹起
吹落世紀的黃葉
吹動所有兵團的賣國遊戲
在她可憐的關節

倒戈相向的白眼將軍們
將她挾持在安養中心
精緻的輪椅上
執勤的衛士們，訓練
有素，但不負責清洗
她失禁的國土

她閉目，養神
彷彿關閉了一座礦脈
又開啟另一個
美麗新世界

歲月的重機械
壓扁她的身影
失聰的眼淚
淪落為一顆
準時淘汰的 CPU
你無法用瀏覽器
在 INTERNET 上找到
她的足跡

而記憶體太小太小

簡直無法處理
她隱秘的通訊協定：那靜靜的
心臟病

她沒有誘人的臀腹
吸引不了廣告販子
她穿彈性襪子
卻無意推銷
靜脈曲張的濁血溪

也太硬太厚了呀，她的背肉
只能當個小機坪
所有人從她這裡
起飛，不再降落

孤寂早為她開造了模具

射出，成串的塑膠花朵
眾星閃爍，放心吧
沒有人會記得
這樣一名退休的控球後衛
因她屬於老牛座
自然，不在占星學的範圍

讓無聊的時鐘
回 CALL 閒坐的子宮
……很努力而依然忘記
那昏黃的破繭
到底有幾架幽浮租用過？

癌細胞已經攻佔了山頭
糖尿病是另一個地方派系
只牘散亂的頭髮

還能甩開黑金的烏雲
讓全球一致的月光們
滿意地起立，鼓掌通過
她昏庸的政績

她不忍塗薑斷奶
而縱容聯合圍標的兒女
又是偷工又是減料地
將她乳頭
營造得又黑又醜
而乳房，持續
低迷下陷的景氣

越過灰色的薄暮
現在不只是到醫院
去賄賂小小痛楚的時候了

薄薄的棺木
已為她的骨灰加滿香料

她沒有國歌
沒有國旗
甚至，也沒有國民
她穿上最後一套晚禮服
有禮地
獨自游向黑暗的休止符

賞析

吳鈞堯／文

洪進業，筆名洪騂，是縣籍詩人中，非常早熟且早發的一位。一九八九年開始，接連獲得中央日報、時報、聯合報等新詩獎時，年齡不滿三十，讓人震驚而驚喜，且五次獲得教育部文藝創作獎，並有散文作品。

洪進業詩作遼闊、精準、典雅，慷慨之作〈回鄉——獻給故鄉金門〉，本詩寫於敘事詩風潮的九〇年代，全文計六小節，一百多行，第一小節以明朗、開闊語調敘述浯島的回憶、開發歷史，「舉起了啞鈴般的一片花崗岩世界／淋漓的元氣」，生動描繪島嶼的型態與內在。第二節回到小我，描繪務農人家如何在貧瘠土地深耕。第三節的「轉醒」有幾個意義，作者甦醒，或者島嶼靈魂醒來，「東來大儒」指朱熹、大明孤臣指鄭成功，大儒留下教化資產、孤臣則棄浯島島民於不顧，率領艦隊登陸臺南鹿耳門。

第四節可看作第三節的衍生，詩人航向孤臣曾經走過的水路，詩人是回歸，孤臣是轉身而去，母性的港灣能容納的，是視它為母親的子民。第五節回到二十世紀，兩岸戰爭威脅下，生活如常，悲歡如常，飢餓與吃飯如常。第六節再把第五節來不及敘述的細節再鋪陳，作為一個歷史之島、戰亂之島，它依然有著寧靜模樣。也不需要怨懟，真實的當下正該仔細掌握。

〈回鄉〉，「鄉」是空間，但回去本身，不單有空間，還有時間以及它們或細膩或粗暴的流域，但這一切詩人都消化好了，從容地在意象轉接之間，也檢討、也承受，最後是心疼並且接受故鄉的模樣。故而〈回鄉〉兼具敘事抒情與胸襟，意象銜接非常精準，比如第一節「鼓點」、「漩渦」、「潮聲」、「喧浪」、「馬蹄鐵」，編織鄉情之餘，也擴大詩的內涵，成為雋永的聲音組曲。

〈老媽的新址〉緬懷母親，書寫傳統婦女不免受限傳統，卻能翻轉意象、意境，第一節就格外引人側目，「吹動所有兵團的賣國遊戲/在她可憐的關節」，詼諧探討病變，讓人又哭又笑，無奈時間的無情，「她穿彈性襪子/卻無意推銷/靜脈曲張的濁血溪」，必須經歷了才知道，以笑顏談過往，不是不悲傷，而是唯有如此了，才能還原過往，詼諧於焉成為調用記憶、邁入永恆的手段。最後一節，「她沒有國歌/沒有國旗/甚至，也沒有國民/她穿上最後一套晚禮服/有禮地/獨自游向黑暗的休止符」，新奇又哀傷。

流氓阿德

ABOUT

臺語搖滾詩人，一九六八年生於金門金沙鎮西園村。歌手、創作者、製作人、小說家、主持人。至今已發行五張創作專輯及一部長篇小說，四度入圍金曲獎，二〇一九年以創作專輯《溫一壺青春下酒》獲得第三十屆金曲獎最佳臺語男歌手獎；同年以《全世界最亮的光》獲廣播金鐘獎生活風格節目獎。流氓阿德是一個有故事、聽故事、說故事的人。他的聲線飽含澎湃情感，歌詞與旋律流淌著瀟灑詩意，在他身上累積的厚度植入胸臆，歲月滴煉出他的音樂溫醇如酒，不論抒情也好，搖滾也罷，流氓阿德唱起的，是無需下定論的生命樣態。

平安符

村子口　披著紅衫的風師爺
漆了掉　掉了又漆
默默看我離家出走的背影
一日一日又一日　稀微

門柱上　要飛不飛的紅門神
貼了撕　撕了又貼
暗暗算我返家團圓的船期
一年一年又一年　歡喜

脖子上　掛著阿母求來的平安符

沾著神明傾倒的高粱酒香
手掌心　捧著天公爐落下的香灰
燒著菩薩傾聽的誠心誠意

祈求
天公伯啊　請祢保庇　保庇我　平安健康
天公伯啊　請祢保庇　保庇伊　快樂幸福

只要伊快樂幸福　我不求大富大貴
只要我平安順勢　我不求會出頭天

天公伯啊　請祢保庇　保庇我　平安健康
天公伯啊　請祢保庇　保庇伊　快樂幸福

風吹

昨夜的彼場夢　夢到我心所繫的人
倚在門口癡癡啊等　等待下午三點
彼個騎車送信的人　送信的人送來平安
平安

黏黏的風吹過　烏戡戡頭鬃
一撮一撮編成了線　千絲的思念啊
萬縷的牽掛　一針一針織成風箏
風箏

風箏飛啊飛飛啊高高的飛

飛過防空洞頂的牽牛花
風箏飛啊飛飛啊高高的飛
飛過響雷閃電的三月

昨夜的彼場夢　夢到我心所繫的人
倚在門口金金啊看　看說下午三點
可有騎車送信的人　送信的人送來無恙
無恙

鹹鹹的風吹過　白蒼蒼頭鬃
一片一片化成了雪　千言的叮嚀啊
萬語的吩咐　飄洋過海隨南風吹
風吹

風吹吹啊吹吹啊輕輕的吹
吹過料羅海上離港的船

風吹吹啊吹吹啊輕輕的吹
吹過祖厝案桌的香火

賞析

吳鈞堯／文

認識阿德在二十世紀末，搖滾青年，慣常戴一頂帽子，到他走紅了，獲得金曲獎歌王，裝扮依舊，對同鄉的愛與關懷也依然。關心阿德的人都知道，他曾暫時中斷歌唱生涯，回金門照顧生病的母親，伺候一瓢一飲，直到母親離世，這段時光長達十年，對此他說，「我沒有任何遺憾，只有滿足。」

母親走了，但她的愛依然環繞子女旁邊，阿德的許多作品，母者慈愛形象生動、深刻，因為那是他的生活。

選錄的〈平安符〉出自專輯《無路用的咖小》、〈風吹〉出自專輯《溫一壺青春下酒》，洋溢故鄉細節與情懷。

〈平安符〉風獅爺、門神，都是金門鮮明形象，前者佇立村頭出入口、後者站立門口，劃出童年的居住空間，以及島民的守護神。祂們近在幾尺，成為生活中的陪伴。生病時服用「天公爐落下的香灰」雖然不合醫藥常理，居民早年堅信不移，平安符更是遠行時，父母到廟裡拜拜求籤得來，希望讓神明信物，聯繫千里以外的遊子。

「祈求／天公伯啊／請祢保庇／保庇我／平安健康」

「天公伯啊／請祢保庇／保庇伊／快樂幸福」

這幾句平實歌詞有極大感染力跟想像力，誰是那位持香祈禱的人，是母親為孩子祈求，也可以是孩子為母親祈禱……這也是時間兩端，小時候母親站立身後為孩子舉香過額，孩子長大後為母親神前跪叩。而「平安順勢」「不求出頭天」更是每個長者對子女，最深切的祝福。

〈風吹〉描述交通不便年代，離島、本島只能依靠信件傳遞平安，郵差看似日常的送信、收信，實則牽扯了居民對於訊息的渴求。信件可以是情書，可以是親人間家書，而這首很明顯是母親與遊子。阿德身在遠處，阿母每天等著來信，透過想像，阿德還原母親等信的心情跟情境，他能夠還原，是知道母親等信的樣子，以及鄰居母親、村人的母親，都「倚在門口金金啊看／看說下午三點／可有騎車送信的人／送信的人送來無恙」。

兩首歌曲還原早年金門或者農業時代，遊子與父母、故鄉的牽掛，情真意切，誠懇寫實。同時，「風吹」，陳述金門島風大，與「風箏」諧音，風吹了過來是溫柔、是思念，而風箏被風吹遠，是距離也是牽引。

辛金順

ABOUT

一九六三年生。國立中正大學中國文學博士。曾任教於臺灣國立中正大學、南華大學與馬來西亞拉曼大學中文系。作品曾獲：周夢蝶詩獎首獎、花蹤文學獎新詩首獎、中國時報新詩首獎等十多項大獎。詩集著有《注音》、《說話》、《拼貼：馬來西亞》、《國語》、《島。行走之詩》、《軌道上奔馳的時光》等十五部；散文集有《江山有待》、《家國之幻》、《光陰走過的南方》等六部；論文集：《秘響交音：華語語系文學論集》；論著：《知識份子的存在與荒謬：錢鍾書小說的主題思想》、《中國現代小說的國族書寫：以身體隱喻為觀察核心》等四部，並主編《時代、典律、本土性：馬華現代詩國際學術研討會論文集》、《馬華截句選》等多種。

料羅灣之昨日

那放任的海灣棄我而去，棄我而去
的那片浪，那艘船
都被時間之刀斷成秋水，斷成了我
叫喚不回的記憶

去去昨日，大浪放歌，砲火轟轟
都不可留，去去
深埋的地雷，叢生的瓊麻，帶刺的
歷史，鏽蝕的軌條砦
去去，走過長長海灣而寂寞的老人

不可留，大夢如霧
與掠過浪尖的黑鳶，與戰火
遙遙的相呼

礁石亂疊，激起千堆雪花，像詩
擊節，而去

去去，不可留，一個轉彎
大風起，大風落
在碉堡與碉堡
之間，料羅灣上的一個跌宕

並坐如觀音
看無數枚月亮，從潮漲潮退中
升起和
降落，而去去，去去而棄棄

如風裡的揮手，如昨日之
臉，閃逝
閃逝而不可留

賞析

吳鈞堯／文

辛金順來自馬來西亞，於臺灣居住二十餘年，向來只知道金門在海的那一邊，未曾設想成為金門駐縣作家，也因為疫情「助攻」，一待四個多月，走路為主、搭車為輔，走遍金門大小村落，且出版《島．行走之詩》詩集。

金門文學讀本以設籍金門、以及曾經服役者為主，辛金順是唯一因為駐縣而入選，也呈現文學讀本可以不斷更新定義、不停地給予擴充，文學才不會侷限一島一海，而是潮汐在，文字的呼息也在。

對比縣籍詩人，以懷鄉、傷逝為主旋律，〈料羅灣之昨日〉格外雋朗、奔放，「那放任的海灣棄我而去、棄我而去的那片浪」，「去」、「棄」重複使用，寫詩的音頻也就出來了。

甚麼事物已經過去了呢？關於戰爭、砲火、地雷、軌條砦，更大的主題是時間，「帶刺的歷史」。「不可留／大夢如霧」，潮汐來回不已、人事更迭不停，這片海已經送走了許多船、迎來更多新的時間，「激起千堆雪花」的引入，讓這片海猶如當時赤壁古戰場。料羅灣不只是港口、是海，它成為憑弔的遺址，在蔚藍的大海上，詩人豎立他的碑文，「並坐如觀音」再次回到時間，觀想遠方爭戰、聆聽當下潮聲，戰爭的循環、生命的苦難，一次次離開，又一回一回地來，「觀音」便有慈悲意義，因而「閃逝而不可留」便是對人間最大的祈願。

《島．行走之詩》佳作多，〈料羅灣之昨日〉有其豪邁之處，也是詩人旅居金門，對浯島的近距觀察。我以前常誤寫「島」跟「鳥」，它們身形相同，僅差異在「山」與「火」。透過辛金順的駐寫，更發現兩個字可以合一；飛來是「鳥」，住下是「島」。留下感情與關注，可以成為巢。

金門文學讀本

散文卷

鋼鐵與蝴蝶共譜的吟哦

石曉楓

《金門文學讀本》散文部分收錄非縣籍作家葉珊（楊牧）、焦桐（葉振富）二家作品，以及縣籍作家林媽肴、牧羊女、洪春柳、洪玉芬、吳鈞堯、石曉楓、林靈、周怡秀等八家作品，總計十家。

非縣籍作家中，楊牧於東海大學畢業後服役金門期間，有多篇戰地相關題材收錄於處女作《葉珊散文集》中，〈料羅灣的漁舟〉固是名篇，其他如〈水井和馬燈〉、〈在酒樓上〉等也充具金門地景與物質元素。楊牧鎔鑄中西文學傳統，允為臺灣當代重要作家，葉珊時期於金門寫就之少作，則尤具紀念意義。

至於焦桐雖以詩成名，但其散文作品亦不遑多讓，除了「臺灣味道三部曲」系列以外，尚有《暴食江湖》、《滇味到龍岡》、《味道福爾摩莎》、《蔬果歲時記》、《為小情人做早餐》、《慢食天下》等書，顯見其於飲食散文領域耕耘之勤之深。由於曾在金門服役，離島飲食貢糖、高粱等亦宛然出現於其筆下，形成特殊風景。

縣籍作家林媽肴，筆名林野，創作以散文為主，著有《井湄少年》、《那夕迷霧》、《浴在火光中的鄉愁》等。早期抒情風格濃烈，映射時代之所尚；近期作品則有史述、有人情，俱顯島嶼滄桑，是值得重視的前輩作家。洪春柳，筆名三春，於地區長年培育語文人才之外，亦有散文創作如《不知春去》、《人在離島金門》等，尤致力於歷史典故與聚落等之探查紀錄，如《金門傳奇：七鶴戲水的故鄉》、《金門島居聲音》等。本次編選問卷調查中，青少年普遍反映希望能透過閱讀《金門文學讀本》，對在地的歷史與文學內容有更深入的了解，洪春柳此類題材作品，亦宜納入廣義散文範疇中。

此外，旅臺的楊筑君，筆名牧羊女，自青春時期即創作不輟，寫戰地、家族、物產等浯島回憶，或暈染大歷史，或雕鏤小我情，文字純淨真切，深具時光沉澱的底蘊。洪玉芬出身金門烈嶼，因工作之故旅行數十個國家，其筆下的異國見聞，時與原鄉連結，頗具特色，文字則自然真誠。吳鈞堯寫故鄉的美酒與飲食，也擅寫鬼神，筆下頗有以個人史映照戰地史的存史意味。石曉楓以學者身分涉足創作領域，寫故鄉重在抒情、懷舊的氛圍渲染，布局綿密為其創作特色。而林靈創作取材於原鄉生活，文字靈動輕巧，如實呈現了離島少女的日常生活，與洪玉芬、牧羊女等形成世代情調的差異性。最後，特別收錄金門青少年文學獎散文得主周怡秀作品，因其以青春之姿初試啼聲，寫親人情感蘊藉有味，本輯破格選取，乃有延續金門文學血脈之殷切期待。

這批作家作品，可謂共同展現了金門文學多元而豐富的散文創作視野，希望藉由讀本編撰，能完滿理想讀者的期待。

（洪範書店／提供）

楊牧 ABOUT

臺灣花蓮人，一九四〇年生，二〇二〇年過世。東海大學畢業，美國愛荷華大學（Iowa）碩士，柏克萊（Berkeley）加州大學博士；曾任國立東華大學講座教授。著有散文、詩集、戲劇、評論、翻譯、編纂等中英文五十餘種。

水井和馬燈

長大以後就沒看到過水井，中心卻一直嚮往著。似乎「水井」已經變成詩句裡的意象了，不再屬於這個世界了，我一閉眼就能看到一個爬滿綠苔的井湄，響著許多童話一般的鈴聲，許多故事，許多螢火。

而且我戀愛著那種掛著馬燈的黑夜——畫片裡的，彩色電影裡的——那種朦朧的，昏黃的，帶著催眠性的古老的馬燈一直亮著，在我心底亮著。我心中就點著那種燈，永不枯油的，帶著烟漬的古老的馬燈。我多麼嚮往那種古舊的黃昏氣，那種守著孤星的淒清，那種秋風下的孤傲。

水井和馬燈永遠在我腦海裡浮現。我夢過它們，走路的時候想過它們；在樹下假寐的時候輕喚過它們——啊，美麗的水井，啊，神奇的馬燈。它們是我生命的兩個小世界。那麼近，又那麼遠。永遠沒有休止地浮現，碰撞，游移。明現，淡去。我夢中的世界，我夢中的水井和馬燈。是的，它們在我夢中總是長著青苔，沾著烟漬的，它們的樣子那麼原始，它們真美。

命運待我們真好，世界多麼廣闊，而時間又是激盪的長流。生命真是一個奇蹟一個奇蹟堆積起來的——你可能浪費二十年光陰一無所獲，空手悵惘；你也可能在幾天晨暮裡嚐盡一切冷暖和憂患。你在夜色裡踟躕過嗎？你恐懼過嗎？你憂慮過嗎？生命不是憂慮，生命是讓我們在笑容和淚水裡體認的。笑聲終止的時候，淚水拭乾的時候，我們就在小小的懼怕中成長了。就如我這一次來到金門，這個烽火中的小島，未來之前，心中充滿了恐懼和焦慮，那麼猶豫怔忡。一直到踏上了這一片土地，在黃沙和綠樹間看到了我夢寐中的水井；在張著蛛網的屋梁間看到我夢寐中的馬燈。啊，生命，多麼神奇可愛的生命！啊，生命，你疊起的高潮多麼動人，多麼美好！

我非但看到了水井，我一下子看到了四口，在這小小的山坳裡，每一口都像一顆童話裡的小星星，閃爍著，永不停息地閃爍著。我一下子回到了孩提的時候。坐在井湄，沉湎入深遠的日子，那些長著綠苔的古舊的老日子。我不但看到了它們，而且自己打水。你在井邊打過水嗎？那種經驗好極了，有趣極了。你站在井湄，把吊桶往井底扔，慢點，你會在水破以前照見自己的影子，影子就在水面上，墨綠的，悠美的，在那一剎那間你看到了自己，比銅鏡裡的自己還真實，因為井是原始的，原始使我們看到最真實的自我。你扔下了水桶，拉緊繩子，用力往左右一擺，桶子翻了，水就咕咕咕灌滿了，你拉起一桶清水。當然，有時候水是渾的，帶了黃沙，那大約是一口新井，舊井只有清澈的冷泌的水，那種冷泌是沁人的。你洗過荒山的泉水嗎？如你試過，你便知道井水的冷冽，那種使人純真潔淨的冷冽。

我夢中的水井如今被我佔有了。窗外便有一口，井湄經常是潮濕的，陽光似乎曬不乾它。可惜它不在大樹下，要不然它就長滿青苔。我在井邊沐浴，沒有任何邪想，井淨化了我，美化了我的行伍生活。

昨晚第一次點起馬燈來，那種喜悅是不能說的。在大學讀書的時候，曾經看到一個西班牙神父如何輕易地在一間墨西哥式的小教堂裡點氣燈，他的手背上閃著地中海的傳奇和耶路撒冷的神話，我沉醉在全無宗教的寧靜中。那時我想，有一天我必將能夠親手點一次馬燈。如今我每天都同馬燈在一起了，我的生命真是最仁慈的神的安排，我不知道該怎麼感謝。

那馬燈的光亮是有限的。它是一個每天都要擦拭的玻璃瓶子，裝上煤油。那烟漬是古老的，美的，尤其當清晨第一眼看到的時候。它掛在屋梁上，閃著昏黃的光，有時也跳動，和蠟燭一樣；但它比蠟燭安定，而且灑在地上的光影更闊更悠柔，永遠像畫片裡一般，柔和，均勻，沒有一絲紊亂。我有時把它提到桌子上，就著它讀一首湯瑪士·葛萊的長詩，有時就著它寫信給遠在異國的聰聰，聰聰如果知道，一定非常喜歡。有時我凝視，那左右分開的燈心，一切幻想和遐想都跳躍出來。

你還埋怨什麼呢？樹葉低語地問我，埋怨什麼？我什麼都不埋怨——十月的金門島秋意也慢慢濃了，夜來風涼，特別想到故人遠適，坐在井湄，張望盞盞風中的馬燈，生命何嘗不是充實而神奇的呢？

楊牧《葉珊散文集》，臺北洪範書店出版

賞析

石曉楓／文

楊牧於東海大學畢業後服役金門期間，有多篇戰地相關題材收錄於《葉珊散文集》中，〈料羅灣的漁舟〉固是名作，其他如〈水井和馬燈〉、〈在酒樓上〉等也充具金門地景與物質元素，而在碉堡中書寫「給濟慈的信」系列，亦是少見的文學風景。

《葉珊散文集》自序〈右外野的浪漫主義者〉中曾提示「浪漫主義」有四層意義，第一層意義便是「捕捉中世紀氣氛和情調的精神」，此階段他醉心於浪漫主義精神的追仿。大學畢業至金門服役之後，戰地古樸的器物與建築，似乎進一步提供了詩人投射中世紀想像的實體。在〈水井和馬燈〉裡，詩人戀愛著爬滿綠苔的井湄、掛著馬燈的黑夜，那些沾濡烟漬苔色，樣貌原始的物事「使我們看到最真實的自我」。水井儼然是自我鑑照的依據，詩人回顧他來到金門服役前的恐懼與憂慮，以及抵達後深為金門村落的中世紀氛圍所吸引的心情轉折，而結於「生命何嘗不是充實而神奇的呢？」之詠歎。

在布局結構上，本文先合寫小時候對「水井」與「馬燈」的印象，而後分寫抵達金門後所看到的水井、馬燈，結合過往經驗陳述，收尾則以「故人遠適，坐在井湄，張望盞盞風中的馬燈」再度綰合之。全文排比句與驚嘆詞迭陳，展現了青年詩人的階段性習作痕跡，而其情調則迥異於一般刻板印象的戰地陽剛書寫。

其他如在向濟慈致意之〈綠湖的風暴〉中，詩人則由金門建於宋朝的山后聚落，聯想及濟慈「詩裡的中世紀，想到你憧憬的殘堡廢園」，中國古代建築的形象，與對中古歐洲、古典希臘的浪漫想像相提並論。楊牧其後赴柏克萊即選修中世紀歐洲文學，「一心一意想作中世紀文學專家」。而在《星圖》、《奇萊後書》裡，他更屢屢回憶及金門燈下與濟慈曾有過的神交：「回想起來，這何嘗不稀奇？在金門的屋簷下，樹蔭裡，有時甚至是山洞掘穿的日光一線或馬燈的微明照在那些排版的信上。」金門軍旅所見所聞乃成為烙印於心的永恆印記。

可以說，詩人少作充滿了「為賦新詞強說愁」的基調，但由葉珊時期的創作發端，便可見西方浪漫主義與中國古典詩詞，對楊牧的交錯影響之跡，終其一生，楊牧始終把握住此二脈絡，鎔鑄中西文學傳統，開展跨文化的視野並將之融合、創新為一己的創作美學。葉珊時期於金門寫就的系列作品，因此尤其具有青澀年歲的紀念意義。

林媽肴
ABOUT

一九五二年生，金門烈嶼東坑人。國立臺北師範學院國民教育研究所結業，曾任教職三十六年，退休後耕讀寫作。曾獲：林榮三文學獎、時報文學獎、教育部文藝創作獎、鄭福田生態文學獎、桃園縣文藝創作獎、浯島文學獎、入選一〇五年九歌年度散文選。著有：《金色驛馬車》、《鄉居草笛》、《井湄少年》、《那夕迷霧》、《焚骷髏的人》、《浴在火光中的鄉愁》、《月光．枯枝．窗》等多部。

穿越鐵蒺藜與軌條砦

西元一二七九年，宋帝昺之船避元兵追擊，逃至浯洲，遂命軍士挖開沙汕，沙汕突然斷裂，海水中隔，方能逃至南澳。

於是，浯洲西南隔水，就有了海中一嶼。

西元一六四六年，清兵破揚州，史可法戰死，鄭芝龍降清，鄭成功與平日友好施琅、陳霸、洪旭及其他願與同行者九十餘人，乘兩巨艦入海，百無一備，乃至南澳募兵，得數千人。十二月初一晨，戰艦豎起帥旗，傳令開駕，發砲三聲，金鼓震天，舟師航向海中一嶼。

西元一九二四年，福建省惠安縣金相鄉下林，林秋桂因家鄉匪徒作亂、屋宇犯退、疫癘喪妻，攜子女出外謀生，投奔海中一嶼。

西元一九四九年，徐蚌會戰之後，紅軍飛渡長江，南越五嶺，馳驅川康，陳兵蒙藏。

七月，國軍由廈門轉進海中一嶼。

如果，你也想來探索海中一嶼，首先飛近渡輪的是一隻聳立在九宮碼頭的昂揚風雞，接著映入眼簾的是南北兩座綿延起伏的丘陵，進入丘陵山阜之間，便是狹長的平原，放眼四周則海岸平緩。但是，大陸山河龐大身影所襯出的島嶼背景，隨即沉重的壓制著你的呼吸。

而，島東距浯洲約二公里，島西距廈門約七公里，島形猶似彪顧猛虎之姿，東北寬而西南窄，面積僅十四平方公里。

如果，要以過往的腳印來重建島嶼的歷史，不管是鄭成功還是我阿公都是從島西懷抱著重新出發的冀望，踏著凝重的步幅而來。

所謂的島西就是面對九龍江口，斜對廈門港的湖井頭，而島嶼與大陸的牽繫就是這條千年的水路。

看那海浪飛濺著礁石的岬角，一座座堅固的水上碉堡，射口伸出巨大的砲管，時時刻刻瞄準著這一條藍色的古道。

在濱海車轍道旁的木麻黃間距裡，懸掛在鐵蒺藜上紅色中英對照的「雷區」三角牌，你以為是為了突顯戰地特色的偽裝？就像面前這幢大九架的閩南式建築，馬背山牆下的「八二三」戰火彩繪：彈如雨下的焦土、指揮若定的將軍、勇猛奮戰的兵士。而用槍、砲、彈藥、血肉交織成的歷史糾葛，千百年來就能訴說出真正的公與義？

小時候，從隔鄰的東坑來探望外婆，跳上菜園的田埂，繞過水塘，李府將軍廟旁就是彩繪著「八二三」戰火壁畫的這一家，本該三兩步就可以跨進門檻的。

但是，拒馬後的崗哨，會迅即伸出一支白帥帥的刺刀攔路警戒。

顫抖的童稚不得不放聲吶喊：「阿嬤我來了！」

腳踩三寸金蓮的阿嬤，危顫顫的拉著驚嚇的我：「夭壽啊，是阿婆的外孫啦！」要經過辨證才能踏入湖井頭。這有著播音站、砲兵陣地、水上碉堡，海岸環布軌條砦、陸上圍繞鐵蒺藜的濱海小聚落。

丘陵沿線的車窗外，盡是些巴掌大的壟畝，種植的一畦畦新綠，就是用來釀酒的紅高粱。而，島民想從壟畝耕作出溫飽，肚腹是常常要去縛草繩！

「那你阿公，怎麼會千里迢迢的來投奔這島嶼？」

「因為，我阿嬤會講故事啊。」

從島東九宮綿延到島西湖井頭的南丘陵，在東坑六姓宗祠後牧山的半山腰，有一塊丈二寬平整的花崗石，宋帝昺當年就是坐在那裡喘息。突然，大隊元兵掩至，宋帝昺左腳一蹬（在皇帝殿石旁烙下深深的腳印），飛跨入船，隨身所攜帶的十八箱庫銀，一溜煙遁入山中。

皇帝殿石、仙跡履不一定能吸引我阿公，一溜煙遁入山中的十八石窖庫銀，才是留住阿公腳步的誘因。

招夫養子的阿嬤與喪妻離鄉的阿公，一家五口在首創竹葉貢糖的產製販賣下，日子其樂融融。要不是西元一九五八年的那一場「八二三」砲戰，把家夷為平地，接著四十幾萬發砲彈密集的、日夜的錘擊著花崗岩盤，島民所有的日子，踩出的每一步幅，不顛躓也難啊！

就像三百五十七年前的鄭成功，從思明州（廈門）出發，經過一個時辰的逆風浪濤，在湖井頭登陸，不也是步幅顛躓、兵疲馬困、憂心忡忡的揮劍呼天指地，才挑出下田聚落的這口國姓井，想紓解一下兵士們的飢渴、澆一澆遺臣們的胸中壘塊！

車過國姓井，前行五分鐘就是島嶼的最高峰，一百一十四公尺的麒麟山。你是否也能看出山麓下的市集，是一塊「畚箕穴」的風水寶地？左倚那一大片水草豐美的溼地就是鄭成功的練兵處，海拔四十餘公尺的吳山（巡檢司的城仔頂）就是明朝遺臣的會盟處；右靠這條道路直逼大、二膽後的南太武，漳州、泉州一衣帶水盡收眼底！

臨近市集，探本溯源，拜讀林氏家廟的石刻楹聯「六世京師文相國，九傳伯爵武軍門。」這裡是曾「出將入相」的。文，是嘉靖甲午進士，太子少保中順大夫；武，是明永曆八年受封忠定伯。

在兩岸軍事尖銳對壘時期，由於風水的關係，東林聚落是島嶼最熱鬧的市集，北有國光戲院、南是保齡球館、東有果菜市場、西是由前排古厝鑿後門後排古厝開前門，兩門中間的巷道當街道，星期假日人擠人，窄屋子、矮桌子、小凳子的怪婆湯圓，賣到排半天隊，想再吃第二碗還要挨罵：「後面的人吃什麼？」

怪不得那幾年阿嬤常跳腳，你們這些後進就是不聽話，讀書有什麼用？祖傳竹葉貢糖的技藝擱著，看看你姊夫八達樓畔的金瑞成貢糖廠以及東林街的分店，每天進進出出的人潮！

那幾年，不要說東林街，就是各聚落，因為有一萬大軍駐守，隨便開家小雜貨店，或者勤快一點到各據點去收收軍服，洗洗燙燙也能圖個溫飽。

但是，西元一九九二年戰地政務解除，部隊逐步實施精實方案。

還記得是西元一九九五年的四月二十八日，民進黨黨主席施明德一行人蒞鄉參訪，鄉長、鄉代會主席及鄉親們蜂擁到九宮碼頭舉白布條抗議，「反對金馬撤軍」的口號，還響亮在耳際。

撤軍後的開放觀光，三叔也跟著人家興沖沖去開「悅來客棧」，在海、陸、空的交通能量嚴重不足，遊樂設施極為欠缺，居民對觀光產業認識不夠的狀況下，三叔虧了好幾百萬。接著在全球化資訊化的理念支撐下，現在三叔又開始信心十足的搞網咖「駭客任務」。

如果阿嬤還健在的話，一定會說：「悅來客棧」看你能「悅」幾年，「駭客任務」看你能「駭」幾天？

「乖孫！你要相信，十八石窖的庫銀還藏在我們的聚落裡，聖上貢品祖藝薪傳的竹葉貢糖才是我們的根命。」

現在，停車的位置是北座丘陵的黃厝聚落，也就是島嶼的正北方，這尊矗立著幾百年的石雕北風爺，是先民請來鎮風制煞的。

但是，我想今夜，愛講故事的阿嬤一定又會回來託夢說：「乖孫！九宮碼頭的風雞顯靈說：當今島民住居的材料都進步到用鋼筋混泥土，不需要牠來啄白蟻；北風爺也會跟著衝出來講：現此時滿山遍野綠油油的樹木，也不需要祂來鎮風制煞。」

因為，不管宋帝昺還是鄭成功……他們都把這座島當成是踏腳石！

所以，這座島對他們來說應該是——離嶼。

而，我們不想再有岸與岸的距離，四千個島民要延展成一座橋。

因為，祖先千百年來所居的水路島鄉；生而邊緣，死也邊緣！

所以，這座島對我們來說應該是——烈嶼。

賞析

石曉楓／文

林媽肴早期抒情風格濃烈，映射時代之所尚；近期作品則有史述、有人情，俱顯島嶼滄桑，是值得重視的前輩作家。

本文曾獲二〇〇三年第二十六屆中國時報文學獎「鄉鎮書寫獎」，乃是以離島中的離島、居於邊緣之邊緣的「烈嶼」為描繪主體。烈嶼又稱「小金門」，位於金門本島西南西方，林媽肴開篇以引文反覆指陳此所謂「海中一嶼」的背景，帶出相較於大金門不遑多讓的歷史景深。正文開始則以「如果，你也想來探索海中一嶼，首先飛近渡輪的是一隻聳立在九宮碼頭的昂揚風雞」，輕揚一躍，俐達地帶出島嶼與大陸間牽繫的千年水路。

此後文章順勢而下，寫地形的空間描繪、戰火的歷史背景，穿插小時候從隔鄰的東坑來探望外婆的日常生活，要驗明正身才能踏入湖井頭的經驗，又透顯出日常中的不平常，暗示戰地氛圍之嚴峻，原來這是有播音站、砲兵陣地、水上碉堡，海岸環布軌條砦、陸上圍繞鐵蒺藜的濱海小聚落。篇名所謂「穿越鐵蒺藜與軌條砦」者，二者俱是軍事用物，「鐵蒺藜」以尖銳的鐵片聯綴成串，鐵片四角分叉，置於地上時其中一角自然向上，通常布置於道路或淺水中，用以阻止敵人的侵入。「軌條砦」指的是用廢棄火車鐵軌裁切成條狀，完成的防守性柵欄，當年乃預防共軍侵擾而建築的防禦武器。

這些障礙物暗示家族落地生根歷史，以及早期營生之艱難，但長輩卻以「阿嬤會講故事」翻出另一層豐富的人文底蘊。皇帝殿石、仙跡履、國姓井、麒麟山、東林聚落，作者歷數鄉鎮景觀；怪婆湯圓、竹葉貢糖，穿插於八二三戰火、曾經市集熱鬧的島嶼、撤軍後的開放觀光，以及全球化資訊化下的網咖生意更迭，最後以阿嬤一句「乖孫！你要相信，十八石窖的庫銀還藏在我們的聚落裡，聖上貢品祖藝薪傳的竹葉貢糖才是我們的根命」，帶出島嶼滄桑下的本質。

對於外來者而言，島也許只是踏腳石，但對於在地人來說，「裂」嶼實為「烈」嶼，是生死繫命之所在。此篇鄉鎮書寫的內容相當厚重，情感亦濃稠。

牧羊女

ABOUT

本名楊筑君，出生於風光明媚的金門慈湖畔。現任《金門文藝》雜誌社社長，金門旅外藝文學會副理事長，金酒胡璉文化藝術基金會董事。十七歲開始創作，中斷寫作數十年，其間因謀求財務自由及養兒育女，中斷寫作數十年。著有散文集《海邊的風》、《五月的故事》、《裙擺搖曳》、《島嶼，沒有遠方》、詩集《井邊的故事》。退休後重拾寫作之筆，獲浯島文學獎小品文獎、二〇二〇年獲浯島文學獎散首獎、詩佳作獎。二〇二一、二〇二二獲金沙散文獎。

家書

家書是人世間最溫暖又美麗的等待，也是最珍貴的文字。

記得曾讀過一則小故事，二戰爆發時，一位因為戰爭必需離開女兒的猶太人父親，烽火蔓延中不忘給他六歲女兒陸續寄了九本小書，用圖畫和文字跨越時空，表達對女兒的愛。戰後，九冊小書奇蹟般完好如初，成了父女共同存在的記憶，這是家書的意義。

想起弟與父母親走過五十年書信生涯，累積五百多封家書往來的故事。

「父母親大人尊前：

有關產婦動手術一事，……再不開刀恐會影響嬰兒未來的腦部發育，此乃動手術之主要理由，……在美國生產動手術很平常，煩請雙親不必掛念。……兒叩上」

純樸的父母，難以想像何以生小孩需要動手術？內心的焦慮慌張無法形容，兩老內心忐忑不安，趕緊到廟裡拜拜祈福，求神明保佑。隔一汪臺灣海峽已夠遙遠，目下竟然在太平洋彼端，抬頭看萬里無雲的蒼天，真是遠在天邊啊。

「吾兒：

喜獲孫女，為父母者非常歡喜，只求健康平安。你寄回家的三千元收到了。今年花生剛採收完成，收成不好。

你要好好照顧小孩……汝母交代養兒育女要有耐心……父字」

終於接到來信報平安，整個月不安的心總算安頓。

弟初為人父，顯然生活亂了步調，手忙腳亂，來信述及奶瓶尿布改變了生活，大人睡眠不足。母親則擔心媳婦在異國無法坐月子，望著從鄰居買回的純麻油，嘀咕要是能送一瓶去美國多好。

「父母親尊前：

上星期與指導教授談及未來工作規劃，今夏應是兒應考『博士候選人資格確定考試』的時候，七月底以前須將『分析三度空間鋼架結構的電腦程式設定』完成，請勿掛念……兒叩上」

「吾兒：

高粱收割了，雨水不足，收成普通，汝母餵養豬隻賣了。家事不用掛念，你身體要注意，小孩要顧好……。父字」

這家書一來一往，看似各說各話，經常牛頭不對馬嘴，兒子交代論文進度，父親細訴豬隻賣了、收成不好，地球那一邊一封信要一、兩個月才能收到。空間與時間，竟無礙父子間溝通，父親用拿鋤頭的手寫信，主要是必須知道彼此的日常安好。

老家住外島海邊小村，父親終年汗流浹背，母親操持家務兼養家禽。弟是兄弟姊妹裡的老么，就讀高中一年級時，數學老師是剛從師大數學系畢業的預官，建議弟到臺北考插班，因而高二開始離鄉背井，父母很不捨小兒子這麼青澀就要離巢遠行，心疼小小年紀必須獨自在臺北生活。當年沒有電話，寫信與打電報是出外子弟與家裡唯一的聯繫。臺北是大都市，很陌生也令人嚮往，鄉下人對它是有幻想的，十六歲的弟卻開始異鄉異地的生活，用寫家書與老家聯繫，因此，從他的信約略看到些微的臺北。每個人成長過程都有故事，只是對於十六歲開始鄉愁的少年是沉重了些。

弟的家書很精彩，在臺北所見所聞——敘述，往往讀著讀著意猶未盡，近期偶然間重閱經年泛黃易碎信紙，原來我是和弟的家書一起走過漫長的人生。

父親對於弟的每封來信反覆閱讀，彷彿閱讀世界名著般百看不厭。他聯考、工讀、服兵役，經過寫家書，透過書信幕幕在眼前。婚後攜妻遠赴彼邦修讀博士家書不曾間斷，姪女出生體重多少、身長多高，甚或形容他女兒將來會成為國手，有一回寫著：「我們現在正在培養中華籃球隊的女國手，孫女身長腳長，再過十八年，大家等著坐在電視機前看她上場吧！……」初為人父的喜悅，都想兒女會如何出人頭地，父親對兒子，兒子對女兒，代代相傳可見一斑。一日日成長的姪女像跑馬燈一般，數十年一瞬。在農村的父親因為透過兒子家書，也瞭解西方國家的諸多趣聞趣事，弟與教授之間的論文論點，都不厭其煩一一寫到信裡，世界流動變化大也是書信裡的主軸。久而久之父親農夫不出門，能知天下事。

一位忙於課業的人如何利用時間寫信？所謂「冬者歲之餘，夜者日之餘，陰雨者時之餘」，弟把寫家書當首要，充分利用時間，他說：「再忙，每個月初也要騰出一個早上，清靜一下頭腦給父親寫一封信。」其持之以恆令人忍不住想問如此認真寫家書是何原因？他說：「想讓務農的老父傍晚休息時，能拆閱一封遠方兒子的來信，雙親會非常歡喜，何況家書也是家庭教育，我正直素樸的一生來自於父親。」

憶及弟開始寫家書到父母撒手人寰，從離家開始，像定期定額的基金，每個月初固定時間書寫二至三頁十行紙，為免父母擔心，所有思念透過家書一筆一劃寫了幾十萬字。弟習慣把信紙寫得滿滿，不容空白，他說要讓父親讀起來有滿足感，起先應該對家的思念訴諸文字，到後來成為習慣。父親不只一次：「妳弟寫信很仔細，我喜歡讀他的信，每封都讓我覺得很安心。」

回看匣子被打開，很久很久以前弟大學聯考前夕，是家裡的大事。誰知他在考前鬧肚子，一把鼻涕一把眼淚，怕影響考試成績，由三哥陪考，韌性十足的他撐過二天考試，不敢告訴父母，幸好影響不大。考完試父母得知，心疼不已：「這孩子，惹人心疼。」

弟繼續上大學繼續寫家書，利用時間工讀，賺些錢寄回家給母親貼補家用，逢年過節會幫母親掙點用度，減少家用煩惱。寫家書則是緣於家風，父親幼時受了幾年私塾教育，為守家園不像鄰人一窩蜂的下南洋，年輕時經常幫鄰居寫信，直到大哥成年為南洋姑叔們寫家書，每每寫完後複誦一遍給母親聽，母親總會加上一兩句心底的話。家書是一縷飄洋過海穿越時空的長絲，繫住遊子漂泊的心。

種田的父親常常忙完農事，晚上就著一盞昏黃煤油燈，拿慣鋤頭的手顫抖的一字一句寫著，沒什麼大道理，就是交代要吃飽穿暖，注意身體，母親在旁邊加點意見。農村日子平淡如水，春去秋來沒什麼波瀾，與弟之間書信往返成為重要日常，遠距一來一往家書讓父母親陪著兒子成長，兒子悶著頭一直往前走，返家的路遙遙，因而衣食住行社會現況等等盡在筆下相會。

憶起昔時如果軍機抵達母島時間不變，收信日期就不變，家門口紅大埕綠衣人騎摩托車噗噗聲，由遠而近，由近而遠，久而久之綠衣天使和父母親相熟。父親經常迫不及待就地拆開閱讀，此大埕是兩代親子交流場域，信是親情的元素。母親站在一旁等待父親唸給她聽，聽完喜孜孜餵豬去，父親也腳步踏實虎虎生風繼續上山下海。

偶爾軍機未如期抵達，延些時日未見有郵差到來，父母親內心焦慮腳步沉重，是出了什麼事嗎？想的多且複雜，往往無精打采。有幾次因為霧季，霧鎖浯江島，伸手不見五指，三個禮拜沒有飛機，沒有信息，嬌小的母親天天往城裡跑，她想城裡消息靈通，後來經他人指點：沒聽到有什麼壞消息，就是好消息，何況真是濃霧的原因。父親則天天望天興嘆，焦躁不安，把耳朵拉長長，傾聽有無軍機掠過，日日期待吹北風或出大太陽，何時霧散？揪心哪。

弟的家書與氣候、軍機、霧季緊緊連結。

在父親人生末段歲月臥床不再能回信，弟仍月月如期向母親報平安。及至今時為自己無法晨昏定省自責，每每提及，經常淚流滿面。父親離世到母親逝世相隔五年，母親身體也愈來愈衰弱，經常一人踽踽獨行向城裡的方向，腦力不聽使喚，潛意識最為惦記還是她小兒子，某日我姊妹們回母島娘家，晚間她躺眠床上，尚未入眠，我與姊姊逗弄她，考考她的數數：麻啊！妳有幾位內孫、外孫？總共幾位？她微微笑著，扳著指頭數，數啊數睡著了，我們各自回房，這是最後一次看母親安然睡著。夜深了，母親起床沿著微弱路燈一路前行，她經常潛意識行向城裡的方向，孩子們都經過這條紅土路各闖天涯，路與海邊近在咫尺，岸邊白茫茫芒花密且高，母親啊您不能迷失在芒草裡，孩兒們會找不著，這些描述有關母親的種種，總會讓弟邊寫邊哭，他一會在太平洋彼端，一會在對岸，大半忙碌無法經常承歡膝下，臺灣海峽深且遠，他想日日逗著母親不可得，透過紙筆思念。

這麼長的寫信時光，有些事弟的家書不會提，不讓父母親知道，免他們擔心，譬如同學惡作劇把他的鬧鐘調慢了、感冒發燒、腹瀉、外套化學實驗燒破一個洞之類的事隻字不提，不能讓遠方的父母擔心，多年後他告訴我當年求學極懊惱的事：夾克化學實驗課被燒破一個洞，認知家裡經濟窘迫，要錢買新夾克是困難的事，就繼續穿著吧。可是每回搭0南公車，一車子北一女青春飛揚的少女，總是讓他羞澀把書包擋住衣服的破洞。青衿歲月，總有一些小小不為人知的秘密。這些少年煩惱家書不寫。

前些日子父親忌日，我們姊弟回老家，在機場碰到一女子，熱情趨前，向弟道：「教授，你不記得我啦？」弟嚇一跳平常沒做什麼越軌的事啊，竟有陌生女子搭訕，正納悶著，對方說：「我之前在某大學郵局任職，你每月寄信匯款，都是我幫你的啊。」了得，已經過了數十年，竟然寄信匯款讓郵局職員經過這麼漫長時光還記得，已然是家書外一章。

父親透過簡短信箋以正直誠信和弟不間斷往返，紙短情長，也是另類遠距教育。我們兄弟姊妹及姪子輩一出世，他都會做一件事，一條長長朱紅布條，仔細寫好生辰八字，我們好奇弟的女兒在地球彼端出生，父親有無把生辰換成我們的農曆？弟說一切以父親的記載為準，有了父親親筆書寫，東半球西半球的時差不重要。

歲月消失，留下了日子。

彷彿看到父親仍然在老家客廳一隅，昏黃燈光下顫巍巍的寫著：「吾兒：父親老了，再提筆不易，望你瞭解，家裡事勿牽掛為要……。父字」竟不知這已是最後一封信。

弟回饋雙親最貴重的禮物，就是宗親在祠堂高掛「旅臺學首」的匾額。

五百封家書的重量，堆疊北斗星的永恆。

賞析

石曉楓／文

開篇「家書是人世間最溫暖又美麗的等待，也是最珍貴的文字」，為全文定調，此後作者以弟弟、父母親五十年間書信生涯所累積的五百多封家書為素材，巧妙揀擇、連綴成文，間或穿插點評與回憶，從而以溫柔醇厚的文字色澤，傳達了家族成員間動人的情感聯繫。

家書的展示一來二往，首先言及生兒育女，其次言及博士資格考，二者均是弟弟生命中的大事。媳婦在美國生產需動手術，遠在離島的母親只能去廟裡拜拜祈福，擔心媳婦在異國無法坐月子；父親則在家書中素樸叮嚀：「汝母交代養兒育女要有耐心」。所謂「分析三度空間鋼架結構的電腦程式設定」論文，對識字有限的父母而言猶如天書，但無礙於親子交流，父親逕自以「高粱收割了，雨水不足，收成普通，汝母餵養豬隻賣了」等雜事回應，失笑之餘也令人眼熱，作者按語下得好：「主要是必須知道彼此的日常安好。」

由此回溯、交代弟弟年少求學的往事，從離島往臺北，又由臺北而赴美，路越走越遠，無法承歡膝下，弟弟卻堅持每月修封家書報平安。家書裡報喜不報憂，困頓艱難自行解決。弟弟在長年的家書內容裡，為姊姊開了城市之窗，當然也為父母開了世界之窗，因此作者說「父親對於弟的每封來信反覆閱讀，彷彿閱讀世界名著般百看不厭」。然而為人父母最期待看到的，終究是海峽彼端的子女孫輩平安無恙，所謂「烽火連三月，家書抵萬金」，霧鎖金門的日子，父母愁容滿面；軍機抵達時，家門口紅大埕前迫不及待拆信閱讀，「母親站在一旁等待父親唸給她聽，聽完喜孜孜餵豬去，父親也腳步踏實虎虎生風繼續上山下海」，一幅小農家平凡知足的畫面躍然於眼前。

作為書信閱讀者的「我」一邊旁觀父母的心情，一邊揣想弟弟何以有時間寫信？所謂「家書也是家庭教育，我正直素樸的一生來自於父親」，點出代代相承的珍貴性。本文中的「弟弟」楊永斌乃美國康乃爾大學土木工程博士，結構力學與動力專家，學術成就傲視國際。然而透過最溫潤的家書，讀者看到的是親人間的體恤、情感的融洽與不言的牽掛，那些去除外在虛飾最動人的一面，都藉由姊姊的文筆生動表出。

焦桐

ABOUT

一九五六年生於高雄市，「二魚文化」公司、《飲食》雜誌創辦人。已出版著作包括散文《暴食江湖》、《味道福爾摩莎》、《蔬果歲時記》、《為小情人做早餐》、《慢食天下》，及詩集等三十餘種，作品被譯為英文、日文、法文、西班牙文在海外出版，其中日譯版《味道福爾摩莎》長居日本暢銷書排行榜第一名。曾為中央大學中文系教授，退休後專事寫作。

貢糖

部隊剛移防金門時她每天都會寫一封情書給我，如此半年，忽然就音訊杳無。我心知肚明，她已經有了新的男朋友。我覺得快要罹患憂鬱症了。每天早晨醒來都失去起床的力量，不知如何鼓動勇氣去過新的一天。很難想像，如果金門沒有高粱酒和貢糖怎麼過日子？我幾乎夜夜喝高粱酒，喝酒時含淚想念著戀愛三年的芭蕾舞女伶；也常常吃貢糖，那糖份似乎，能瞬間幫助人暫忘痛苦。我在金門居住過十八個月，這輩子的貢糖配給，恐怕早就消耗光了。

貢糖是一種花生酥糖，名稱的由來和「貢丸」一樣。為求糖質綿密細緻，製作過程需加以搥打，閩南語搥打音「貢」。貢糖就是打出來的花生糖，反覆搥打碾壓，將炒熟的花生和上煮熟的麥芽糖漿，搥得細碎，再包餡、拉酥、切割、包裝。

製作貢糖頗為複雜，大致是炒花生，熬漿，拉酥等步驟。炒花生是有講究的，要炒到香氣最飽和的臨界點：剝開花生仁觀察，花生仁中心出現溝縫，顏色呈淡黃色才是。接著是熬漿，用砂糖和麥芽糖加水熬煮，兩者混合的比例和火候都關係到口感；熬煮的過程中，要持續攪動，令麥芽糖勻散，也避免黏鍋底。最後，脫膜的熟花生倒入膠稠的糖漿中攪拌混合，花生與糖的比例大約是二比一，擀碎，輾壓成片狀，包入花生粉、芝麻、蒜泥、精鹽等內餡，拉長起酥，以條尺規範，切塊。

從前，是將花生和糖漿攪拌均勻，在石塊上反覆搥打；這工序最勞累，要在糖膠完全冷卻凝固之前，將一顆顆花生打碎成粉，混合糖膠。糖膠須保持溫度才利於操作，如果溫度過高，擀起來不酥；過冷，一擀即碎。現在已用電腦選料，自動化焙炒，脫膜，過濾不良品，溫控煮糖，壓碎及整形，切割，自動化包裝。

金門降雨量不多，日照強，蒸發快，蓄水力又弱，常處於缺水狀態。地質主要由花崗片麻岩構成，全島覆蓋酸性強的砂土與紅壤土，缺乏腐植質，僅適宜種植較耐旱的雜糧性作物如花生、高粱、小麥等。特殊的風土條件，造就花生粒小密實，油脂較高，口味飽滿濃厚。不過金門產的花生已不敷所需，大部分仰賴臺灣進口。

這麼多年了，金門貢糖的口味和世事一樣多變。從最初的原味、香酥、豬腳、鹹花生，愈趨多樣，諸如蒜味、芋頭、抹茶、肉鬆海苔、黑芝麻、咖啡等等。豬腳貢糖用麥芽糖包裹花生酥，有點黏牙，濃，卻化得開。我心儀的貢糖是鹹酥和竹葉兩種口味，鹹酥貢糖外脆內綿密，牙齒輕觸即碎，裡面的花生粉四散在嘴裡，溫柔黏貼於舌頭，回憶般慢慢溶化。竹葉貢糖外覆一層痳竹葉，輕淡竹葉香擁抱著花生酥，乃小金門「金瑞成貢糖店」所研發。

在金門，我常吃的貢糖品牌包括「名記」、「金瑞成」、「天工」、「聖祖」，它們伴我度過悲傷的歲月，覺得未來還會有歡樂的希望。將名記發揚光大者是第二代傳人陳金福，金門貢糖創始者「命師」陳世命先生的四子，立號「陳金福號」，堪稱老字號，新品牌；原來的「名記」則由三子陳金慶經營。

金瑞成起先在小金門林邊村，乃洪金造、林瑞美夫妻在一九六〇年創立，也是家族式經營；一九九八年開在八達樓子旁，這棟洋樓融合了巴洛克和閩南風格，是小金門最大的貢糖店。店內最出名的就是竹葉貢糖，他們選料時即區分等級，最好的原料用來生產竹葉貢糖。

最初，貢糖是金門人的茶點，均為家庭式的無名小工廠製作，產品直接就送往茶桌（老人茶坊）銷售。一九五九年第一屆全國商品展獲最優等之後聲名大噪，成為士兵退役返臺必備的伴手禮。從前金門人吃貢糖有搭配油條的辦法，「紅菸番仔火，貢糖油炸果」，油條冷卻後，對折，夾入一塊貢糖。後來更有「春捲包貢糖」、「饅頭夾貢糖」等新吃法。

貢糖源自廈門，在金門發揚光大，兩地的貢糖頗有不同。金門的製作比較精緻，廈門的貢糖則是含糖份較高。金門製作貢糖的技藝也傳入臺灣，羅東「金少爺西餅」的古早味貢糖就令人欣喜。

在我們居住的球體上，多數生物像蕭伯納那麼嗜愛甜食，然則糖最初的角色是藥物，它在藥房裡很有地位，法國有句老話說某人缺乏某種要緊的東西，就說「像沒有糖的藥劑師（like an apoghecary without his sugar）」。

二十世紀人類飲食習慣最大的變化之一，是糖。以美國為例，他們每年平均吃下一百四十五磅的糖，相當於每天二十八茶匙。二十世紀初，糖還是奢侈品，當時的美國人平均消費量是每年五磅，一個世紀之間，每個人吃糖增加了二十九倍。

貢糖不只是糖，它咬即碎，含即溶，美學性質像愛情，容易破碎，破碎後足堪回味。

不知道為什麼，即使只看到貢糖的圖片就會流口水，我愛它已經到了無法自拔的地步。若非血糖偏高，我下半輩子只吃貢糖。除了要花錢買，貢糖毫無缺點。

賞析

石曉楓／文

焦桐寫詩，並以飲食散文知名，在其《臺灣舌頭》、《臺灣味道》諸書中，皆有金門飲食的相關書寫，從篇章中可見其對於高粱、貢糖的情感根基，多半源於外島服役期間遭當時的女友「兵變」，金門高粱與貢糖，或曾給予年輕的詩人不少撫慰。

本文選自《臺灣舌頭》（二〇一三）（該書與《臺灣味道》（二〇〇九）、《臺灣肚皮》（二〇一二）並稱為焦桐的「臺灣味道三部曲」），寫甜食先由女友移情別戀的苦澀起筆，卻不耽溺於自傷自艾，第二段隨即轉以中性筆調，條理分明地歷敘關於金門貢糖的那些事兒，此處虛懸一筆，別有用意。

焦桐專注於介紹貢糖的名稱由來（關於此部分應該另有說法）、繁複的製作過程、金門特殊的風土條件如何造就、其後貢糖又開發出了哪些口味，以及在地最知名的品牌、陸續研發出來的多種貢糖吃法、金門貢糖與發源地口味的比較等等。從夾敘夾議的行文中，可見作者除了服役期間之外，其後往返金門數回，應當持續做過詳盡的田野調查（或者資料查詢），例如言及金門貢糖的知名品牌時，包括家族歷史、店面風格等多能娓娓道來；言及金門人吃貢糖搭配油條的吃法，也能捻出「紅菸番仔火，貢糖油炸果」的俗諺，凡此增添在地人情風味之筆，為文章增色不少。

同時不可忽略的是，開篇的情感線在文中若隱若現、起伏跌宕，例如「這麼多年了，金門貢糖的口味和世事一樣多變」，此段一方面開展關於貢糖味覺的差異性比較，另一方面扣回主題，念念不忘影射情傷變化之倏忽。又言及鍾情於鹹酥貢糖的原因時，提到乃因其「外脆內綿密，牙齒輕觸即碎，裡面的花生粉四散在嘴裡，溫柔黏貼於舌頭，回憶般慢慢溶化」，讀者閱之除了口舌生津之外，也不免如作者般觸物感懷，隨之浮想聯翩。但沉浸未久，焦桐又給出了吃貢糖還能予人「覺得未來還會有歡樂的希望」之語，以開朗心態沖淡可能稍微濃郁的傷感。至於結語提及糖亦是藥，貢糖卻不止是糖，「它咬即碎，含即溶」、「容易破碎，破碎後足堪回味」等語，呼應首段的情感綿延，用意相當顯豁。唯節制仍是作者本色，末以幽默語調作結非常漂亮，經此調配文情乃能起伏跌宕，一如金門貢糖之層次多重。

寫食物亦寫情感，自是飲食散文本色。焦桐《臺灣味道》中另收有〈金門高粱酒〉一文，讀者可參看。

洪春柳

ABOUT

一九五六年生，福建省金門人。金門高中國文教師退休，金門大學兼任講師，曾榮獲趙廷箴優良國文教師、全國Super教師等獎項。金門文史工作者，寫作「老師的話」、「非臺北觀點」、「花言鳥語」專欄，著有《金門傳奇：七鶴戲水的故鄉》、《浯江詩話》、《金門島居聲音》、《不知春去》、《當代金門演藝的變遷》、《戲水浯江》等作品。

紅瓦素櫺古厝美

「枯藤、老樹、昏鴉；小橋、流水、人家」，馬致遠的〈天淨沙〉寫在元朝。今日的金門，藤雖不枯，小橋亦不多，但老樹、飛鳥、石山、海灘，出出入入的古厝人家，尚有許多明、清景色。

建屋是大事，「一世人」建一棟大厝，昔日的金門人把建屋當成一輩子的大夢。居第當傳子孫，有時，不平順的人生，甚至需要集合了祖孫三代的財力才能完成這個夢想。

福地福人居，好的風水庇蔭出好的子孫。傳說，山后民俗文化村的十八間屋止位在龍穴上，牆角的那塊石頭就是龍尾。又說，後浦頭的村落，選中了一塊虎穴吉地，所以子孫賢孝。榕園有鳳穴，古寧頭有蓮花穴，溪頭村南有牛眠吉地。

除了風水，靠山臨水的地理，坐北朝南的方位，向陽納風的格局，建屋的人都要一一斟酌考慮。源遠流長，子子孫孫，厝厝相連，建大厝的人將他的期望一起蓋進大厝裡。

花崗石的建材最能表現出金門民宅堅實質樸的精神，細緻的青石、白石，遠從泉州渡海而來，一般性的石條、石塊則就地取自太武山麓。「出磚入石」，石、磚、瓦的參雜運用，不但構造堅固，而且意趣橫生。

如果把一棟大厝的屋頂當成「頭」，那麼梁柱門窗便是它的「身」，而台基則是它的「腳」。金門的古厝，大多為明、清兩代的建築。燕尾的俊拔、馬背的厚實、山牆的富麗，將古厝的「頭」裝飾成最受注目的焦點。山粢藻梲，木梁石柱，長門短窗，古厝的「身」亦是由一刀一筆雕繪而成。而牆下石砌的台基，厚重踏實，交織著祖祖孫孫，薪火相傳的足履。

金門古稱仙洲，除了唐．牧馬侯的開拓，島民多為避難而來。耕讀傳家，後世子孫再入朝，又是忠臣勇將。不欲出仕者，貨運經商，或走廈門，或走南洋，亦多奮鬥有成。不論做官，不論經商，葉落歸根，富貴還鄉，在家鄉蓋一座大宅，即是這個心願最具體的表現。

官家和民房的最大差別，在於高揚的燕尾和溫厚的馬背，還有屋上圓圓的筒瓦和彎彎的板瓦，燕尾和筒瓦說的就是官家的故事。大夫第是文官，振威第、將軍第是武職。二落、三落的大厝，山牆的弧度律動起伏，在藍天下和緩地呼吸著。山牆鵝頭，更是旖旎彩繪，或書卷，或玉佩，或花籃，這些彩繪，又稱「懸魚」，傳說，源自於某官老爺為表清廉公正，故特地將罪民行賄用的一條大魚掛在屋脊下。

「向陽門第春常在，積善人家慶有餘。」跨過昔日小姐們「大門不出，二門不邁」的門檻，午後的庭院，最適合茶食、賞花。正房中間為祖廳兼客廳，每晚的一炷香，平安是福。隔著正廳，長輩房和主人房相望，子女們則安置在廂房，晨昏定省，趨庭而教，一切的安排自有分寸。護龍上的閣樓，藏著待嫁小姑的心思。

不論三合院、四合院，寬敞的「埕」是作息勞動的地方，也是串門子、聽故事的地方。不怕風沙的農作物曬在埕裡，怕風沙的魚乾、菜乾曬在廂房的屋頂上。石槽、石臼、石磨、石輪，我們可以想見洗衣婦的輕笑，石磨、石臼邊的汗水，和石輪下的嘎嘎作響的穀物聲。

孩子們的遊戲空間在那裡？尊卑有序，嚴謹守禮的古宅，並不重視孩子的感受，但天性淘氣的孩子自能把天地延伸出大宅之外。玉蘭花下，田野上，望著天，踩著地，古厝的孩子更是大地的孩子！

吉宅安居，金門人深信屋子與人的命運息息相關，故多厭勝之物。三步一八卦，五步一葫蘆，沖巷的地方更要擺個「石敢當」。風獅爺、烘爐為鎮風，為求香火不斷，蝙蝠、鱟殼、螭虎，既象徵福到，也祈求鎮煞。金門地瘠又多風，生存不易，人時時需要和大自然搏鬥，即使屋前的照牆，在隱私的實用價值外，也不忘避邪的象徵意義。至於全村的平安，更有村外的風獅爺在風中頂立著。

經過賢厝村的「留庵故居」，總會想起那個把玉印藏在褲下的婦人。明鄭時代的兵部尚書盧若騰號留庵，留庵不願降清，毅然追隨鄭成功，居金門，走澎湖，一生忠貞。相傳盧若騰身後留有白玉官印一顆，能避邪去病，因此借用者戶限為穿，紡紗的盧家少婦不堪其煩，順手把印藏在褲下，玉印玷污，從此就不靈了。品字型大門的盧宅，馬背溫厚，形制古樸含蓄，看不出官宅的氣派，惟有大門上的燕尾，散發著官家特殊的光彩。

十八石窖的寶藏傳奇，讓人聯想起九十九窗的洪旭故居，聯想起洪旭追隨鄭成功的豐功偉業。洪旭追隨鄭成功到臺灣，開疆拓土，運籌帷幄，為鄭氏父子所倚重，富貴一時。相傳後豐港的洪旭故宅有兩處，一為洪氏宗祠右旁的三進巨宅，一為濱海的九十九窗屋。相傳鄭成功在老家石井有九十九門之巨宅，洪旭伯模仿其形制而建，但九十九門的規模縮小為九十九窗，巨宅下有藏寶石窖十八處。曾有漁人尋得一窖，尚留有十七窖。可惜原來延伸入海的三進大宅今已頹圮，倒是十八石窖的寶藏傳奇，就像金閃閃的後豐港海一樣，留人遐思無限。

水頭黃氏酉堂別業，是富商世家黃俊在清嘉慶年間所建造的別莊。黃帝之後有酉氏，酉堂是否因此典故而命名，則不得而知。多年的歲月滄桑，日月池、日月橋，依舊相映成趣，石門、石井依舊光潔堅實，但宅院的失修，斑剝處處可見。有意思的是，雖是富商世家，但正廳酉堂始祖黃百萬的神像，卻不是手持算盤，而是手持書卷，表達了金門人對詩書傳家的一貫期待。西堂別業一直是水頭子弟的私塾處，其來應是有自。

古寧北山的振威第，也稱提督衙，因為清嘉慶年間的武將李光顯，曾任廣東水師提督，多年軍伍，平東南海賊有功。宅第縱深三進，燕尾翹脊，門牆的卍（註：係佛學符號）字紅磚，山牆的斜灰斑磚，夕陽斜照，紅暉相映。屋後的石敢當，更饒情趣，獸頭紋飾的泰山石敢當，擋住凶神，擋住惡煞，保護子子孫孫的平安。

坐落於金沙美人山麓，西山前的李宅十七號、十八號，五開間的大宅，山青宅麗，氣勢宏偉。兩座大宅皆蓋於清光緒年間，為新加坡僑商衣錦還鄉的代表作。

十七號李宅三進式的山牆，由低而高，而再低，尊卑有序。三進大厝，十六個房間，容納下多子多孫多福氣，所以當地人也稱它為「十六間厝」。門楣橫額：山明水秀，隱隱透露著創建人李冊騫遍走天下，還是故鄉月明的情懷。

十八號李宅，創建人李仕撻除了經商，並曾捐官得爵，屋頂上的瓦筒、瓦當，代表官家身分，雨天時，將雨水收集，更點滴成雨簾。正廳神龕內「奉天誥命」的御旨，後代子孫珍藏至今！

金門俗諺：「有山后富，無山后厝。」山后民俗文化村的十八棟厝，不僅是山后人的驕傲，也是金門人的驕傲。十八座閩南古厝，連厝成村。民國初年，旅日僑商王敬祥為了完成其「回饋家鄉，安定故里」的心願，費了二、三十年的心力辛苦建成。

看風水，打地基，上大梁，雕刻，粉飾，建屋的確是大事。金門古厝，尤偏愛石材的堅實，擋風擋雨，基石永固。起伏的山牆，溫厚的馬背，飛揚的燕尾，古厝的美感，來自於屋與大自然的和諧相處。多子多孫多福氣，二進的大厝不夠住，蓋三進，合院的房間擠不下，加護龍，厝厝相連，守望相助。求一人安，不如求一家安；求一家安，不如求一族安。「富有不算什麼，富有之後能幫助別人才是可貴的。」紅磚斜陽，十六間厝，十八棟厝，就在金門人傳統的價值觀裡一棟棟地蓋了起來。

主要參考書目：

1《金門民居建築》（李乾朗著／雄獅）
2《傳統建築入門》（李乾朗著／文建會）
3《傳統建築手冊》（林會承著／藝術家）
4《金門史蹟源流》（金門縣政府）

賞析

石曉楓／文

洪春柳著作頗豐，寫作題材包羅萬端，其抒情散文固為一絕，但以理性與抒情兼具之筆調寫金門文史，則尤為其擅場。洪氏多年來勤於考察，所述所論遍及金門歷史、鄉賢、建築、聚落、寺廟、宗祠、風水、土產、禮俗、文物乃至於自然景觀等，以《七鶴戲水的故鄉》、《金門島居聲音》二書為代表作。這類知性文史資訊的撰述，亦當列入廣義的散文範疇，本文便提供了極佳示範。

〈紅瓦素櫺古厝美〉以馬致遠「枯藤、老樹、昏鴉；小橋、流水、人家」起筆，點出金門民居傳承久遠的古雅風情。二段所謂「建屋是大事」下啟四段「建大厝的人將他的期望一起蓋進大厝裡」，慎而重之地強調對金門人而言，在家鄉蓋一座大宅是多麼重要的事。「福地福人居」，因此必須歷數虎穴、鳳穴、牛眠吉地等金門風水以徵信之，無論地理、方位、格局之考量，一切都因「期望」而有了人情。

文章的第二層脈絡，是講述金門建築的表現形式，從花崗石材、屋頂、梁柱門窗乃至於台基，作者以典雅優美的文字細膩鋪陳，例如「燕尾的俊拔、馬背的厚實、山牆的富麗」，「山牆的弧度律動起伏，在藍天下和緩地呼吸著。山牆額頭，更是旖旎彩繪，或書卷，或玉佩，或花籃」，在此生花妙筆下，藍天映照金門民居的場景如在目前。建材之後言民居結構，正房廂房、庭院大埕，男女家眷、孩童笑聲穿插其間，營造出和樂融融的民居景致，加以厭勝之物的介紹，更添民俗信仰之可親。

文章的第三層脈絡，意在帶出金門特色建築示例，舉凡「留庵故居」、「洪旭故居」、「水頭黃氏西堂別業」、「古寧北山振威第」、「西山李宅十七十八號」、「山后民俗文化村」等，作者以建築專業資料為基礎，穿插民間傳說，加以個人走訪之感受，娓娓發抒為文。

最後一段則總結全篇，由厝居言及親情、族情、鄉情，彰顯了金門人最珍貴的傳統價值觀，也回應了開首民居古雅之定調。全文參考資料繁多，卻能有條不紊、夾敘夾議、筆端且常帶情感，允為佳作。作者另有〈洋樓風情千萬千〉，亦收於《金門島居聲音》中，可併觀之。

洪玉芬

ABOUT

一九六〇年出生金門烈嶼，輔大歷史系畢，貿易老兵。工作旅行百餘國，近來以非洲最頻繁。採擷見聞、感想，總與原鄉或生活連結。喜歡烹調文字與食物。曾獲浯島文學散文獎、旺報兩岸徵文選、漂母文學獎和金沙文學獎等；著有《希望不滅》、《雜貨商的兒女》、《多情應笑我》、《馬背上的舞步：非洲奇緣》；主編散文合集《島嶼食事——金門人金門菜》。

遲來的嫁妝

暮春三月，霪雨多日初霽，花崗岩牆壁在晨曦的照耀下泛起一層薄光，四周靜謐，在微涼的冷風中，小屋更顯遺世獨立。

斑駁的紅木門咿呀推開，屋內幾件古物細訴流逝的歲月。懸吊在牆上的琵琶最為醒目，深色木質橫躺幾條透明絲線，恰似父親的白髮。緩慢的弦音，隱隱約約在空氣中婉轉彈起，故事一個接著一個。

「整修房子是要住人，怎是拿來供俸？」媽媽拄著拐杖，顛顛巍巍走了過來，對我們父女丟下質疑的這句。

動心念想整修小屋，理由很簡單，父母勞苦一輩子，尤其是父親，精彩的一生，值得用一個房子紀念，並傳承。

時光倒回島嶼貧窮的年代，乾旱皸裂的土地，看天吃飯，吃不飽，於是島上的男人紛紛下南洋討生活。一生眼淚已流乾，永遠只穿著斜襟布釦藍衣黑褲的祖母，與遺腹子的父親，孤兒寡母相依為命守著薄田，日子沉沉地過。

幼時的父親，白日為人洗馬，上山農作，寒冬手腳生凍瘡，乃家常便飯。晚間隨先生私塾裡習古文，仿懸梁刺股夜讀，窺進了古文詩詞殿堂的美麗。

粗礪的生活，磨練人奮發向上，勇往直前。但是，在人人均窮的那年代，想要生活的豐足，唯有僑匯和走販廈門貨物二途。

如果人生的旅程像船隻航泊海上，總有個渡口，作為起點。那麼，搭船出海，無疑是父親的人生渡口，一生的轉捩點。

船渡，浪花滾滾，風雨海上來，都是少年的生命養分。天有不測之風雲，海浪成變奏曲，忽大忽小，船艙空間狹小，貨物與人擁擠一處，大浪來襲人人縮緊身體，懼怕大海這獸更狂、更怒。船抵廈門，為了省車資，踽踽獨行大半天才能到批貨街，如中山路、大同路、開元路一帶。走在喧鬧可避風雨的「五腳計」[1]，閩洋混搭的氣派樓房，雕花的石牆與屋簷，做工精美的木條窗櫺。繁華市景，在晴朗的天空下，包裹著少年夢，如窗扉敞開，光影搖曳。

勇氣，為志向長出翅膀，義無反顧的飛翔，堅硬的翅膀，足以撥開天空烏雲的亂流。

於是，一個失怙的少年，寄船走水，數不清的日子，在難聞油味的船艙裡，一波又一波的驚濤駭浪，流淌於金廈海域間。尚未成年瘦癯的父親，化身為搖玲瑯鼓、賣雜細的走販，他的身體變成了鄉間流動的店鋪。島嶼收成的土豆，以貨易貨換回廈門的布料與日用品。從此，父親肩上的重擔，足下的步履，日復一日不停歇。村落，走過一個又一個。

一日，天候不佳，被迫夜宿廈門。為了撙節用度，他選擇了港口邊收費低廉的小客棧，做為暫時過夜的棲身之處。傍晚，人聲鼎沸，三輪車穿梭馬路，送往迎來，露天的煤油爐煙霧嬝嬝，小販叫賣聲充斥街頭，屬於晚間的一波活力，蓄勢展開。

父親百般無聊地沿著第五碼頭的鷺江道行走。突然，一股悠悠的絲竹之音，伴隨著婉約的吟唱，穿越屋瓦門扉，吸引他駐足傾聽。他好奇尋音進入了一間名叫「江濱」的茶藝館，只見館內小方桌數張，圍以長條椅凳，供人泡茶消遣。最前方有一小舞台，幾人圍坐成弧形，每人手持不同樂器，如洞簫、琵琶、三弦等，中間站立著一長髮女子，手執木片。樂器各自鳴起，緩緩地，音曲合為一，長髮女子輕柔地唱起，婉婉約約，如吟詩唱詞，時有尾音拉得極長，或不時拍擊手中木片。他聽半天雖聽不懂，感覺旋律十分優美。

從此，凡遇廈門過夜，他必前往茶藝館聆賞，當地人說這是「南管」。如果說，以前他從先生習得的詩詞古文是蝴蝶，那麼這南樂，應該是蝴蝶展翅飛翔但是飛不去的境界，

1 騎樓下的人行道叫做「五腳計」，其意走五步路之寬度。

是那階段汲汲營生的他，一無所知。

父親一個扁擔兩頭重擔，走遍島嶼的各村落，挑起全家的生計，也挑起他人生的希望。但是，近在咫尺的金廈兩島，平日往來水乳相融，卻於一九四九年猛然被切離，一下間兩島相隔如千山萬水般的遙遠。於是父親的貨源轉向臺灣，繼續他一步一腳印搖貨郎的生涯。幾年下來，攢下來的錢，蓋房的夢想萌芽了。但是戰地下的小島，建材不易取得，便僱人於南山頭海岸，以徒手鑿花崗岩，一片一片馱重運回家。一磚一瓦蓋成的小屋，僅十來坪，狹仄的空間，容納食指浩繁的數口一家，又兼營生店鋪。而我是唯一在小屋出生的孩子。

隨著父親生意的開展，小屋在我出生後沒幾年就淪為倉庫。後來我因升學離開了島嶼，在外地結婚生子創業，汲汲趕著我人生的道路，離家愈來愈遠，更遑論小屋。

回眸島鄉，起於中年的寫作。家鄉的點滴，包括父親的南管樂，如散落的珍珠，一顆一顆地串起。南音，原稱絃管，是歷史悠久的絲竹音樂，以泉州一帶為發源地，流傳於現今的閩南語系地區，傳承了漢魏以來的古樂遺風。

南管，實現父親的少年夢，正如我的文字夢，兩者同工異曲之妙。

父親完成了養兒育女任務後，舒了一口氣。二十年來他全心全意投入南管樂團，他風塵僕僕地去泉州禮聘名師來金駐島教學，不遠千里赴福建採購琵琶、二胡、三弦等樂器。

甚至各地奔波募款，海內外演出交流，招募學生傳承。一本滿滿照片的活動集錦，攤在膝前，翻頁並撫摸，面對一頁頁俗麗色彩的印刷品，不禁眼眶海潮升起。

瞬間，父親龐然深厚的身影，穿透紙頁。

他為南管樂流汗的時光，重疊我在他鄉奮鬥的忙碌期，不知什麼時候起，島鄉變得寂寞，村子多是老人與外來照顧者。我們兄弟姊妹循離鄉遊子的模式，自顧不及，無暇問及父親是否寂寞如小村？每當我返鄉再離家時，臨出門總會巡禮父親的房間。只見母親廢置的梳妝台上，琵琶靜靜躺著，譜架上攤開的紙本，空氣中彷彿瀰漫著婉約的樂音，嚶嚶啊啊的飄起，琵琶霎時如精靈般，咧著嘴迎向我笑開來。

這把琵琶，彷彿是他的另一個孩子，陪伴他多少子女遠離的日子，開啟了他對南樂的熱情，也陪著他從草創群聲南樂到如今，已二十來個年頭，一起寫進了歷史的篇章。父親的大手，輕撥線弦，琵琶聲再度響起……父親的銀髮與臉龐，熠熠生光。我深感，南樂於父親，從一支琵琶開始，正如文學書寫於我，始於一本筆記本，從此源源不絕。

有年父親來臺北探視子女，他揚起手中十本南管樂譜，朗聲道，他費了很大勁終於把一般人難懂的南樂工尺譜，改成了簡譜，如此一來我那習鋼琴的女兒他的孫女，可以無師自通，自己彈奏。

我始終相信優美的南管樂，藝術上能予人心靈的陶冶，這點我見證他晚年的身心安頓。

我更相信，他每日與南樂為伍，一些珍貴且看不見的東西，一直在他身上發酵、內化。

兩岸通航時，父親念念不忘他當年的廈門批貨地。他首次重返廈門，急急地尋覓當年來不及還貨款的商家，但已是世事人非，杳然無蹤，他悵然若失地離開。但是，發生過在他身上真實的事是，他批發貨品給軍中福利社，一個販售者盜用公款，他沒提報給軍方，網開一面給予改過自新的機會。

疫情前，隨父親走了廈門一趟，私心想若能隨他走一圈當年他批貨的商圈，感受歷史的軌跡。沒想到疼愛女兒的他，領我走入小吃食肆聚集的開元路，走進彼時他消費不起的廈門美食物。

島嶼，層層的枷鎖綑綁，重男輕女尤甚，父親打破傳統贈我這戲稱「遲來的嫁妝」的小屋。修舊如舊，更費工，一年又半載，終於在今春百花盛開時，宣告完成。我努力充實花崗岩小屋，讓它記錄我，以及不再需要勞動後，父親與他的南管。小屋也是我獻給父親的嫁妝，紀念他嫁給生活、嫁給南管。

撫今追昔，我來自蕞爾小島，旅行百國歸來，有感幼時閱讀之啟發。父母健在，他們生於困苦、長於憂患，見證了大時代變遷。將近一世紀的光陰，他們容顏已老，但是小屋的花崗岩外觀，隨著歲月的淘洗，愈發風華無限。

所以，整修好的小屋，規劃成文物陳列與閱讀區。我熱情澎湃的構想著。

苦一輩子的母親，凡事以實際生活考量，所以對於她的疑問：「房子怎是拿來供俸？」彷彿，牆上的琵琶靜靜的回答了。

賞析

石曉楓／文

洪玉芬出身金門烈嶼，因從事貿易工作之故，足跡遍達數十個國家，其筆下因此多異國風光，文字表現則自然真誠。但無論走得多遠，洪玉芬最在意的還是初生之地，因此旅遊見聞時與原鄉相連結；而書寫烈嶼青岐村時，下筆則更為多情動人，本文即為代表。

〈遲來的嫁妝〉由牆上的琵琶回溯父親一生之運命：遺腹子身分，為生計常需船渡廈門批貨，「尚未成年瘦癯的父親，化身為搖玲瑯鼓、賣雜細的走販，他的身體變成了鄉間流動的店鋪。」往事在作者想像的視窗裡凝成一幅充滿聲光的圖景；而這樣的底色正為襯出父親命運之重要轉折：偶然因批貨留宿廈門，在茶藝館前駐足聆賞「南管」的機緣，竟成為父親一生的興趣所在，「父親一個扁擔兩頭重擔，走遍島嶼的各村落，挑起全家的生計，也挑起他人生的希望。」

「南管」是父親在家中食指浩繁之餘所培養的精神依託，作者將之聯繫到自己中年所織的文字夢，讓父女二人有了信仰層面的牽繫。同時作者更藉由音樂、曲目、詞作等傳統民俗的滋養，進一步點出藝術的無形薰染，幾件述及父親重然諾、愛顧後輩、體恤人情的生活瑣事，作者淡筆寫來卻細膩動人，也點出因夢想而延伸的、作為人最值得珍視的善良品質。

女兒深知「南樂於父親，從一支琵琶開始，正如文學書寫於我，始於一本筆記本」，這惺惺相惜的同理心，正是日後小屋整建為紀念館舍的契機。小屋原為當年父親辛苦構築的營生店鋪，而今父親打破重男輕女傳統，以「遲來的嫁妝」之名贈予作者，起始便點出的「花崗岩牆壁」，文中凡現四次，一方面充具金門特質，也見證當時父親蓋房子的堅毅與決心，以及如今女兒帶有傳承與保存心意之堅實。本文足堪玩味的部分尤在於文末指出修舊如舊之後，成為紀念館舍的小屋，既是父親贈予女兒「遲來的嫁妝」，亦是女兒「獻給父親的嫁妝，紀念他嫁給生活、嫁給南管。」過往歲月的艱辛與安慰，父女之間精神的體恤與傳承，畢現於字裡行間，閃閃動人。

吳鈞堯

ABOUT

出生金門，曾任《幼獅文藝》主編，獲九歌出版社「年度小說獎」、五四文藝獎章、中山大學傑出校友等。著作《火殤世紀》獲文化部文學創作金鼎獎、《重慶潮汐》入圍臺灣文學金典獎。多次入選年度小說選、散文選、新詩選。與金門相關之著作有：新詩《靜靜如霜》、《水裡的鐘》；散文《金門》、《龍的憂鬱》、《荒言》、《熱地圖》、《一百擊》等；小說《如果我在那裡》、《金門歷史小說集》、《火殤世紀》、《遺神》、《孿生》等。

勇者

我一連報了三次名字，床上的老人只意識來了個訪客。我再報三次。這回，我走近床，定睛睛瞧著。老人的眼神已淺薄如三月大的小兒，任何擱置都嫌多了、厚了。二伯父看著我長大，記得我的出生、尿床、喊餓嚎哭，也看著我爬、走、跑，而今，卻是一個什麼也記不得的老人。我失望地退後一小步，彷彿也走遠了三十年、四十年。

二伯父敦厚穩重，說話輕緩，盛怒時也一樣。他曾拿扁擔追打學賭的阿足堂哥，把堂哥逼到牆角，掄起扁擔打，邊訓斥他做人要實在。他怒罵、他揮打，我在一旁瞧著熱鬧，卻不覺得二伯父可怕，倒覺得罵、打之間居然有股莊嚴，使他看起來神聖無比。會有這層意識，是因為二伯父的篤實，我總容易把他矮駝的模樣想像成一頭不語、不爭的老牛，我們何以問出牛的委屈，我們何以知道牛的智慧？以前，我曾跟二伯父問些往事，他想了一下，從眼神流轉，就能知時、空已被召喚到眉眼之間，述說是容易的，但他總是能說而不說，而今，卻是什麼都說不得了。

老人病後憔悴，駝而矮的身子竟拉長不少。他攬了條薄被蓋住肚腹，裸露精瘦的大腿、小腿。他的小腿骨方而直，我一度以為伯父罹患骨折，抽掉人骨植入鋼骨，還想問堂哥究竟怎麼一回事，那知，那正是腿骨的真正長相，我越看，越聽到心頭鏘鏘鏘地響了起來。

以前不知道成長的代價是死亡，常繫念著青春痘多寡、課業好壞、跟戀愛造史等。不知道治癒青春痘，青春就遠了；找到深愛的人，就告別過去的各種樣子；不知道自己長大，別人也就老了。等意識到成長跟死亡的聯繫，就會發現死亡也在長大，而且，都像是忽然長大。

外婆辭世前，我跟媽、六舅、妻一起返鄉探望。我從沒想過外婆會死。從小，外婆就像一尊佛，慈眉善目不在話下，她還高大強健，從村前小路走進來時，寶藍色唐裝水漾漾地晃蕩起來，那時候，狗群齊聲朗吠，左鄰右舍放下洗衣板、摘著的番茄跟把犁的手，一起望向路口，那如果不是一尊佛，也該是一尊仙。

我一直留著外婆強健高大這記憶，這記憶，也是我成長時的仰望，而今，仰望的對象倒在病榻，頭髮白得發亮，皮膚皺成一團，她也中風失憶，甚而厭倦語言，再不說話。媽跟六舅倆逗外婆說話，像教未足歲的小兒學語，一再地唸著我的小名。外婆頷首，依稀知其心意，抬頭朝我微笑。我是被那一笑給傷了，沉默踱到房外，我知道那一天已不遠，我知道，我就快要沒有機會喊外婆。而外婆呢？是看淡了人生，已看清了這些個稱謂跟關係？

幾個月後，外婆辭世，我跟家人回返金門奔喪，媽媽送喪時喊著的「阿娘阿娘」仍一遍一遍迴盪我心，「阿娘阿娘」曾一回回在電話裡傾訴，告知她天氣暖了、寒了；「阿娘阿娘」也曾是一次一次的囑咐，要我回鄉時別忘記到榜林村探望。「阿娘阿娘」，媽不再說了，因為，媽不知道我也常常想念她的阿娘、我的外婆。

外婆是舅舅們、表兄弟們跟我歸結的聯繫，外婆走了，像去了一頭的三角形，再也沒有人能夠身集兩個姓氏、溫暖兩個姓氏。

奔喪後，曾跟家人探視舊宅。三合院久無人居，燕子有靈，也不來築巢。多年前，爸爸說舊宅大梁蛀了，再不修繕，就要倒塌。年輕一代的人說，倒了正好蓋新的，長一代的人說，怎可讓祖公媽日曬雨淋？爸爸跟伯父協商，展開修繕計畫。返家時，遠遠看到工人攀爬屋頂，安置梁柱，鋪排屋瓦。伯父正巧前來監看，他身形佝僂，卻仍勇健，一個人得忙七、八塊田。他見我拿相機留下舊宅最後面貌時，還說，多拍一點、多拍一點。果然，舊宅新起之後就變了個樣，歷經歲月洗刷的木材門板換成鋼製大門，看我長大、納我啼哭嬉鬧玩笑的暗紅屋瓦也成嶄新鮮紅，伯父負手踽踽獨行屋後廢棄船舶旁的孤絕形態如今卻與那艘廢船連結，終不知漂泊多遠，終至忘了港口，忘了，他是我的二伯。

回到舊宅安居養病，怕是他頭腦清明時的決定，回到這生他、育他、長他的老房子，聆聽老祖宗們夜半的竊竊私語，好知道加入他們的時間。

回臺北，我跟爸媽說伯父不再識得我了，爸說，人老了，沒法度啦。爸戴了副墨鏡，他剛動過左眼白內障手術。伯父中風跟爸爸動手術這兩件事，都在陳述爸爸已經老了這事。我懷疑，爸是不服老的。爸沒讀多少書，他在金門捕魚、種田，在臺灣扛水泥、搬磚頭，賴的都是氣力；他撫育六名子女，敵擋金門砲火、異鄉辛酸，賴的也是氣力。爸身子硬朗，少有大病，他告訴我白內障手術日期時，語氣忐忑，媽接話說，小手術啦，外婆伊時嘛是按呢，沒歹誌。爸在那一刻，想必看見白內障跟中風失憶劃成一直線，線的旁邊是一些「老了」的註記，再過去呢？再過去呢？

爸對生死一事灑脫，是憨直還是徹悟，我也說不準。他常說，人就是這樣子，命一條。算一算，他也幾十年沒喊阿爸、阿娘了，當他身為吳姓一族的族長後，也有一條直線記著他曾是孫子、兒子、爸爸跟祖父。當他被人喊阿公，該也想到喊人阿公的童年。誰還能記得曾是幼童的阿爸？誰還能說幼童阿爸曾做過的荒唐事？誰跟他一起記憶發生在舊宅裡，更舊的面貌跟舊事？沒有了。當他聽到兒子叫我爸爸，也會想到他的英盛壯年。想到他扛機關槍火速參加民兵集合，想到他曾有一把隨時擦抹得亮晃晃的三尺長軍刀；他曾經參加的搶灘，火彈在腳邊激起熱炙炙火花；他曾看過的砲彈把金門夜空盛裝成一株過度裝飾的聖誕樹，他曾驅趕一家老小躲進防空洞，作勇地、也必須地，壓後潛進防空洞。

問他，手術是怎麼一回事？他說，聽見醫師在眼睛裡掏呀、挖的，挖了快一個小時。醫師說，白內障太熟了，不好取。還是，那是爸爸忘也忘不掉的往事，當然不肯輕易拭去？

砲火中，死亡是看多了，命一條，來時艱難，去時常是容易而荒謬。對爸跟伯父來說，老、病，是比死亡可怕多了。

離開舊宅時，我進屋跟伯父告別，跟他說，二伯，我要走了，找時間再來看你。老人仍不識得我，話忽然變多，朝著我說，按呢辛苦啦，死不死、生不生，按呢拖磨辛苦。他說話時，我同時被他的表情跟小腿吸引，他的眼神不再驚疑閃爍，定定的看著我，彷彿看見一種真相。他小腿移動時，鋼堅的腿骨猶如戰士利刃，卻是再也揮不動的利刃，只能帶著點遲疑地注視它自己。老人的腿骨、手臂、胸腔、眼睛、器官都在質疑他曾是一名屹立砲火下的堅決勇士；懷疑他曾在碎玻璃跟鋼片間，稟持花崗石的堅跟硬，作育高粱、地瓜、花生跟玉米。它們都已經背叛老人的意志，衰疲地黏附老人。身體背叛老人後，記憶也不追隨他了，老人連我的伯父都不是，他還能是什麼呢？

前幾次回金門，外婆、二伯都健在，我在他們身上看見金門不變的剛毅質地，總覺得金門離過去還不算遠。那個過去，歷彈傷、遭火煉，他們的殊特不在於活了下來，而是鍛鍊非凡的視野跟凝視生命的能力。那是種溫厚、一種踏實，那回探視外婆時，我握住她的手。女人，卻有好大、好厚、好暖的手，儘管在病中、失憶不語，儘管被身體背叛，外婆寬厚、包容的質地，卻著著實實地在那短暫的一握中。

那一握，該有多少歲月、多少暗示跟承繼？

若說，成長的代價是死亡，依循成長跟死亡這條線，我們又能交付什麼給未來？當一個戰鬥的金門，跟殖民也好、悲情也罷的臺灣已成過去，我們能夠提煉什麼，然後莊嚴地告訴後起的生命，那就是我們的神聖？什麼是我們，夾在歷史、又超越歷史的拔卓？

我們都在經過歷史。

順著這條線，將要發現越來越沒有人記得我們的名字，而我們，卻常常回憶著已不在人世的人。每當我這樣想時，便覺得這股聯繫，就是一種價值。

賞析

石曉楓／文

本文題為「勇者」，卻由病老起筆，銜接死亡。文章始於停滯、沉悶的瞬間，一句「我失望地退後一小步，彷彿也走遠了三十年、四十年」，蒙太奇般地時空跳躍，回到二伯父還能拿扁擔追打兒子的昔年。昔年的外婆也強健高大，一襲寶藍色唐裝水漾漾，如仙如佛。

然而那畢竟是回憶中的場景，現下景況是二伯父病了、外婆走了，父親也老了。回到舊宅，三合院大梁已蛀，燕子不來築巢。由人及屋，文章反覆渲染著一種破敗靜止的蒼涼。少年在成長，死亡也在長大，然而在這些傾頹的、老去的人事背後，作者如何透視歷史？經過歷史？所謂「勇者」的意旨何在？

寂滅的氛圍裡，不時閃現的除了外婆硬朗的姿態、二伯父如老牛般敦厚穩重的屹立之外，還有作者對父親英盛壯年的遙想，「想到他扛機關槍火速參加民兵集合，想到他曾有一把隨時擦抹得亮晃晃的三尺長軍刀；他曾經參加的搶灘，火彈在腳邊激起熱炙炙火花；他曾看過的砲彈把金門夜空盛裝成一株過度裝飾的聖誕樹，他曾驅趕一家老小躲進防空洞，作勇地、也必須地，壓後潛進防空洞。」這些戰火下生活的往事，當然不會是終究被遺忘的歷史，所謂「勇者」精神，就在這些老去生命的底層煥發著。

於此文中反覆出現的，二伯父那方而直、鋼堅的腿骨，無疑成為象徵性隱喻，那是專屬於戰地不變的剛毅質地，「金門」的血脈就存活在這些長者、那些長者的生命裡。老病拖磨固然辛苦，然而屬於金門人精神底層的溫厚、踏實與堅韌長在。文章結於「這股聯繫，就是一種價值」，溫柔寫出了後代與其血脈相承的永恆憶念。

石曉楓

ABOUT

福建金門人。臺灣師範大學國文系專任教授，素以「被教學耽誤的創作者」自嘲，並掩飾疏於寫作的事實。著有散文集《無窮花開——我的首爾歲月》、《臨界之旅》、《跳島練習》；評論集《創作的星圖——國民散文手藝課》、《生命的浮影——跨世代散文書旅》；論文集《文革小說中的身體書寫》、《兩岸小說中的少年家變》、《白馬湖畔的輝光——豐子愷散文研究》；另與淩性傑合編《人情的流轉：國民小說讀本》。創作曾獲華航旅行文學獎、教育部文藝創作獎、梁實秋文學獎、全國學生文學獎等。

關於一條街的身世

夜裡，金門罕見地下起了滂沱大雨，街道闃無人聲，然而白天其實也是。這是金城鎮數一數二的短街，這些年來每回返鄉，拉著行李箱走在回家的路上，總如行過荒地般，輪軸兀自發出孤寂而斑駁的聲響，喀啦，喀啦，規律的節奏一如數十年來安分生活著的我鎮居民。朱顏改、故景猶在，有些留藏於記憶深處，有些則仍然固守著鄉里，成為永恆的一方風景。

號稱有七十戶的這小街，西接中興路，東邊往南轉向接樺莒光路。我們不走全國各鄉市鎮都有的街道名稱，卻獨獨領取了非常在地的磅礴之聲：「浯江街」，這「浯」字與金門舊名「浯」洲、「浯」島、「浯」海、滄「浯」等稱謂一脈相承。而金城鎮南確實也有條「浯江溪」，浯江溪口的潮間帶有紅樹林，水筆仔與海茄苳欣欣簇長著，沼澤地裡則有彈塗魚、招潮蟹與鱟共生，還有大批過境飛來的候鳥，簡直是片歡然樂土。記憶裡的浯江街也是條喧騰鬧嚷的短街，我且將雨聲聽作潮聲，腦海裡浯江街昔時的榮景席捲而至，童年於是重新在發黃的歷史裡奔跑了起來。

那時，我被暱稱為「雞母頭」，從街西一路歡快地歌唱著。華都理髮廳師傅總會說：「來首陳蘭麗的歌。」還在念幼稚園的我，便會捏著嗓子，緊盯店裡高懸牆上的電視，一邊學舌「葡～萄～成熟時，我一定回～來～」，一邊高抬小手，由上往下迴旋著，模仿葡萄纍纍成串的模樣，這是陳蘭麗的招牌動作，師傅每次見到都挺樂，樂到把我當乾女兒，摩托車載了去莒光樓拍出一幀幀好看的相片，那時相機可不是普及性配備呢，底片沖洗應該也不便宜。童年另一樁日後被長輩津津樂道的奢侈行止，是二舅常抱著我去水果攤，指著番茄和蘋果讓我挑，每回我必毫不猶豫地把貴參參的蘋果帶回家，這是「雞母頭」的榮寵。

雞母頭不但是家中長女，還帶動了浯江街的萌萌生意，五月搶先出世後，短街裡四戶人家，便接連迎來了弄璋之喜。從西邊算起，雙號數來第三家其時住著周醫師夫婦，第四家是賣金門菜刀的洪氏家族，還有第五戶白家，小壯丁們紛紛跟進來報到，更遠一些，邱厝埕的邱家古厝裡也傳來喜訊。己酉雞年，浯江街裡一片報曉之音。

往後數年，幾戶同齡人家都是我常鑽進鑽出的地盤。六號周醫師診所，朱紅木質窗櫺望進去，是永遠窗明几淨的小診間，沒有病患時，短小精悍的周太太常招呼我們進去，親切請孩子們吃點心。操著外省口音的周醫師總是呵呵笑著，說話尾調微微上揚。周家小兄弟倆則跟醫師一樣白白胖胖，養出可以拍幼兒奶粉廣告的好體型。在醫師家，似乎所有事物都是白皙整潔的，勤洗手當然為必要步驟，診所裡有股奇異特殊的味道，與整條街的本省家庭截然相異。多少年後，蕭颯小說《小鎮醫生的愛情》出版，正當二八年華的我買來讀了，無端就想起已經搬離涪江街多年的周醫師，那是我對小鎮醫生唯一能有的想像。母親說，周醫師一家後來搬到基隆，他們到臺灣時還曾前往拜訪，我想像不出長年下雨的基隆，是否還能容納一家乾淨明亮的小診所。

與診所比鄰，色調全然相反卻毫無違和感的，是洪家鐵鋪。店鋪裡望進去總是黑黝黝的，偶爾會有星點火光飛濺，那是磨亮鋼刀的器械嗎？童年印象已經有些模糊了，只記得店鋪門口總是陳列著砲彈，那是製作金門菜刀的材料。洪家父親的臉非常嚴肅剛強，跟鋼刀砲彈彷彿融為一體，孩子們從不敢恣意靠近。但因店鋪就在自家對門，我常看到黝黑的內間裡，周家小姐姊從二樓木梯沿級而下，白色制服上繡著霜雪如玉的名字，側邊挎著青綠色中學書包，青春粲然，陰暗的鐵鋪也瞬間被點亮，多令人豔羨的光澤啊，我想快快長大。

至於年齡一般的洪家小弟，和隔壁涪江街十號的白家小弟一樣，從不跟我玩在一塊兒，他們都忙著撒野調皮。幼稚園階段，白家小弟曾被迫與我搭檔承擔了兩次花童任務，他引為奇恥大辱，認為這種差事很不哥兒們。配對第一回以嚎啕暴走作結，第二回則留下鼓著腮幫子，滿臉不甘願大字站在我身邊的花童照。我最喜歡的是白家哥哥，他會帶著堂嫂的首飾盒，還有自己串好的手鍊、珠子耳環，到我們家來，與白姊姊和我一同扮家家酒。白家哥哥有張瘦削白皙的臉龐，印象中說話聲音低沉、心靈手巧，他是道地的溫柔漢，多少年來，我猶常想念著早逝的他。

同齡的四個男孩們，還有一位系出名門，是清代武將邱良功的後代，金門俗諺「九里三提督，百步一總兵」，據說其中一位即是曾官至浙江水陸提督的邱家祖先。童年印象中，古厝的石牆早已龜裂，庭內、庭外錯落置放著盆栽，每天清晨，老舊的木門吱呀作響，門後閃出名背書包戴著小學生橘帽的身影，那是邱家小弟，他挺著脊梁、精神奕奕行過家門口，永遠比我早一步到校。

邱小弟成績好、品行端正，與祖先邱良功一模一樣，小時候我們對他敬畏有加。聽聞古厝雖頹圮，但門前廣場全為邱家所有，往東兩三分鐘路程的「邱良功母節孝坊」，也與邱家有關，小學生們都驚訝極了，邱家小弟再怎麼行事謙遜，頭頂仍像環繞著耀眼光環般，教人不敢靠近。直到大學畢業後返鄉，有一年往訪邱家，同學領我到庭院古井前，才看到傳聞中嵌在牆面的雕龍聖旨石。地方上都知曉此聖旨石原為清廷賜邱良功修建提督府第，以為界碑之用，後由於鄰居不願售地，顧及世代情誼，邱良功未以高官特權強逼遷屋買地，所以爵府沒蓋成，留下這兩塊聖旨石。同學還領我到房內，從衣櫃上方取出祖傳古刀劍各一，而廳堂裡兩座瓷鼓凳，據說也是清朝舊物，一時間彷彿時空錯置，我難以想像同學自少即以此為日常。

父親遠遠從金城車站斜坡往下走的衙門口與閱報台附近，差不多就是浯江街的終點了。衙門口是「總兵署」前廣場的俗稱，早在清朝康熙年間，金門鎮總兵陳龍便移駐此地，設置衙署；童年時「金門政務委員會」則進駐辦公，我們只能在外頭偷瞅著院裡可望不可即的老榕。不過總兵署後方樹齡三百多年的木棉樹，孩童們可喜歡了，那壯美的木棉花開得真絢爛，充滿著濃濃生機。

我是在浯江街長大的孩子，看著植物與生命自然地開落。童年時最難忘的記憶，是七、八歲時跟小學好友踩著雨水放學回家，歡快無比，未料一進屋門，便見到病危的爺爺和啜泣的親人們，當時不識死亡、未曉恐懼，只是錯愕非常。然而整條短街裡，這些童年記憶、歷史陳跡與古樹，都以最溫柔的方式，一一向我指陳著生死的奧祕與永恆的意義。金門縣金城鎮浯江街，彷如呼息般，在我的成長過程裡，早已默默契入血脈深處。

然後有一天，中興路上的唱片行開始放送起林慧萍的〈往昔〉，歌聲飄進浯江街，終日縈繞又盤桓，迴盪的旋律裡，我看到已然長成少女的童年玩伴，一身酷炫打扮行經家門前。我們開始愛聽流行歌，也開始嚮往浯江街以外的世界了，於是我也買了棕色皮外套，想離家好好叛逆一番。

浯江溪幹流長約七·五公里，據說是縣內第一長溪，有「金門的母親河」之譽。然則浯江街也是我的母親街，那日我穿著皮衣走出浯江街，也走出了金門到外闖蕩，但我知道，這條契入血脈深處的短街永遠不死，它就是我的永恆。

賞析

石曉楓／文

本文是鄉鎮街道書寫的典型之作，作者選取自己成長所在：金門縣金城鎮一條僅有七十戶的小街「浯江街」作為創作素材。由文中可以明顯看出浯江街特殊之處，首先在於街道名稱，其次在於街道之短；而饒富特色者則尤在於店鋪種類之繁多。

「浯江街」名稱特殊之處在於迥異國民政府遷臺以來，各地都有的中正、中山、中興等充滿政治意涵的街道命名，它是「非常在地的磅礡之聲」，因為金門舊名「浯」洲、「浯」島，金城鎮南有條「浯江溪」，而鎮北的「浯江街」恰與之一脈相承。作者由此帶出浯江街悠遠的歷史感，並從雨夜懷想起筆，巧妙將街道雨聲聯結至浯江溪水聲響、將豐富的自然生態聯結至短街多采的人事景觀，從而回到童年時的榮景，讓「發黃的歷史」重新「奔跑了起來」。

於是在作者筆下，己酉雞年的浯江街一如浯江溪口的潮間帶般欣欣向榮，新生的嬰孩紛紛來報到。這些童年玩伴的家庭背景，組構成了浯江短街豐富而多重的庶民生活，理髮廳與清代武將邱良功後代所居的邱家古厝共處，外省醫師的診間與賣金門菜刀的鐵鋪毗鄰，陽光與暗影、青春與古蹟；聲光色影、嗅聞呼息，作者動用各種感官知覺，寫出一幕幕生動如在目前的街景。

而在空間的素描之外，作者更藉由總兵署內的老榕與木棉，映照爺爺病危間生死自然的榮枯之道。人事的開落更迭有時，唯記憶與人文的浸染長存。孩童會長大、街道會衰老，然而「契入血脈深處的短街永遠不死，它就是我的永恆」，作者於文末復綰合浯江溪與浯江街，帶出「母親河」對金門的意義，亦即「母親街」對「我」的意義。

本文寫人及於街鋪，寫街鋪又從而帶出戰地具體而微的庶民生活、人文景觀與悠遠的歷史淵源，可以看出作者由小及大、意在言外的創作用心，以及深重多情的鄉土凝視。

林靈

ABOUT

一九八一年生，金門烈嶼人，現居金湖鎮。曾任《蘋果日報》記者、《國語日報》記者，現為《金門日報》記者。著有散文集《大洋裙女孩》，詩文作品散見報刊。

將軍的眼淚

「我媽，她是獨自一個人，守著珠山老宅八十二年……。」

將軍的母親從未受過教育。「她一輩子說起來真的很平凡，但在我心裡，她是很偉大的，她也真的辛苦了。」一聲低低吁氣，一陣長長靜默，淚湧的時候，就是思念母親的時候。髮絲摻白的將軍，取下眼鏡，接過面紙，以面紙按壓眼角好半晌。最後，幽微地吐了句，「對不起」。

彼時，將軍的母親尚未成為母親，原籍新加坡的她，十二歲那年，便過繼給金門珠山的薛家當童養媳。十八歲那年成婚，婚後，丈夫遂出洋落番謀生，罕有音訊。十六年後，因家中高齡老母過世，遠赴南洋謀生的丈夫才返金奔喪，將軍的母親懷了將軍，就此成了母親。將軍說，「就是在那個時候……，我是在民國四十三年十一月出生的。」但將軍的父親再次出洋落番，並於南洋再婚。

民國七十年間，將軍父親的再婚對象過世，他曾返回金門，髮妻極為大度，悉心照顧且陪伴這名不符實的丈夫。在金門停待數月，將軍的父親復返南洋。「大概隔了兩三年，他就過世了。」將軍的語調徐緩，將一切淡淡講來。將軍的母親甚至將丈夫的牌位安置回金門珠山老宅，「她絲毫不記仇，母親非常了不起。」

在沒有男丁的家庭裡，將軍的母親隻身肩負起全家生計。母兼父職，每每天未亮便肩挑餿水餵養禽畜、菜園澆肥；她也推著兩輪推車，到靶場、灘頭販售冰品與涼飲，但路途崎嶇、冰飲重沉，對膝蓋和脊椎造成不小的負荷與傷害。將軍的母親不過一百四十五公分高，想來，或許就是被這生活重擔給一日日壓沉的。

她就這麼一點一滴的攢著，攢下一分一毫，扶養一雙子女長大。早期養豬、種菜，七十多歲開了雜貨店，直至九十餘歲髖骨受傷，才就此歇息。幾十年下來，柔弱練就剛強，在男人缺席的家庭裡，將軍的母親只能讓自己學著剽悍、長成堅毅。

民國六十四年，將軍入伍，他清楚記得，「我媽是百般不捨，不讓我去當兵。」「她一個字都不認得，」將軍的母親沿路問路，從金門乘船，終於順利抵達高雄鳳山陸軍官校。「她帶了我愛吃的雞腿、炒米粉、蚵仔煎⋯⋯。」溽夏裡，遠從金門帶往鳳山的熟食甚至有些走味。將軍永遠記得，在週日，會客那天，終將離別，母親的眼眶裡，始終含淚。

「我把媽媽坐的椅子，還留在家門口。」母親已離世兩年多，時間河蜿蜒綿長流轉，想來，還未能把將軍對母親的思念與掛懷，稍稍帶走。

是那日，我和外子拍婚照時，恰有部分取景於落番客衣錦榮歸返鄉興建的洋樓，牆上一首〈長相思〉，正訴盡金門的離亂年代——彼時，金門受風沙之苦，土地貧瘠，謀生不易，青年多半離鄉背井遠赴南洋發展，輾轉到汶萊、新加坡、馬來西亞等地找尋出路；金門遂成為僑鄉，每戶人家幾乎都有親戚到異鄉打拚。

「長相思，閨怨深，夫戍邊關絕書音，倚闌干，淚滿襟，帷中隻影單，香夢無處尋，對鏡憐瘦影，最苦閨中心。」金門的女人們，歷經夫婿落番、戰亂流離、砲戰烽火，都有著丈夫出洋一去不回的共同命運。雪白牆面上所撰的那首〈長相思〉，恰恰寫下金門女人哀哀揉進歲月裡的滄桑與艱辛。

外子說，將軍的母親，也正是因為丈夫落番一去不復返，茹苦含辛，隻手養大了將軍。以青春作為最珍貴的陪嫁，所有眼淚與委屈只能教自己往暗裡吞得囫圇，甚至還得毫無怨懟、大度寬容、堅忍耐勞……，從此，讓一個個女孩轉成了女人，熬成了母親。

一首帶有中國風的〈長相思〉，是S．H．E尚未各自單飛前，她們所共唱的，內容描述的也是同樣寂寥無靠的境地，我看著在YouTube上，持續不斷重複播放的MV，便想起了拭淚的將軍，以及極為堅忍堅韌的，將軍的母親。

賞析

石曉楓／文

林靈創作取材於原鄉生活，文字多靈動輕巧。本文以倒敘法起筆，並刻意採取「類報導」的中性筆調，在對話中夾雜細膩的景物觀察與描繪。作者以聲音起筆相當別致，所謂「一聲低低吁氣，一陣長長靜默」之後，林靈側寫髮絲摻白的將軍淚湧，「取下眼鏡，接過面紙，以面紙按壓眼角好半晌。最後，幽微地吐了句，『對不起』」，簡筆便勾勒出主角形象，活靈活現。

將軍的母親從新加坡被領養到金門為童養媳，婚後未久，丈夫即遠赴南洋落番謀生，除奔母喪外經年不歸，後並在南洋另成家業。將軍的母親獨自撫養兒子，晚年且大度不記仇，善待喪偶歸國、有名無實的丈夫。關於將軍母親在毫無男丁的家庭裡如何劬勞一生，作者只濃縮為短短一段文字，簡要交代，聰明地避免了煽情之弊。而寫不識字的將軍母親如何沿途問路，從金門乘船抵達高雄鳳山陸軍官校，為兒子捎帶家鄉食物的用心，在堅忍剛毅之外，又勾勒出了慈母的愛心。全文時序錯落跳接，敘事線卻不顯凌亂，反而益增文氣之活潑。同時寫為人妻、為人母的女性形象，要言不繁，卻方方面面兼顧到，勾勒相當立體。

作者借將軍之口表述母親悲苦的一生，從而帶出一頁金門人早年落番的大歷史。而偶見昔年落番華僑返鄉砌建的洋樓牆上一首〈長相思〉，更印證了金門人早年因土地貧瘠、謀生困難，不得不遠下東南亞落番的悲哀，這些落番者在南洋的艱苦生活，與家鄉沒有名字的女人們互為映照，組構成了「長相思」的深情與薄倖郎的悲歌。

本文收束於S．H．E帶有中國風的〈長相思〉唱詞，雖不免稍顯突兀，然也不無展現落番悲情的世代共感與傳唱之用心。以聲音始，以聲音終，林靈布局的慧心亦可由此得見。

周怡秀

ABOUT

二〇〇五年與世界初次見面。國立金門高中畢業，現就讀國立臺灣師範大學歷史系，喜歡穿梭在老村莊裡，聽老爺爺老奶奶話家常，追門縫間溜出來的夕陽。因為記憶會流逝，所以試著用文字留住它們。曾以〈月橘〉獲第一屆金門青少年文學獎首獎，〈各自，安好〉獲第二屆金門青少年文學獎佳作。

月橘

薰風輕拂，彤雲滿天，晚霞絢爛下，一朵朵花兒盛開，潔白純淨，像極了夜空中的點點繁星。

爺爺從以前便喜歡搬弄花草，在老家大廳前的庭園種滿了各種各樣的花，嫣紅的玫瑰、粉紅色的風信子、香甜的含笑花……，群芳爭妍，花團錦簇，一年四季都奼紫嫣紅。唯有水缸旁種了一棵月橘，純白的花，翠綠的葉，在五彩斑斕中更顯清幽。立秋之後，月橘的花苞便一朵接著一朵綻放，那細細小小的花朵雖然不起眼，卻芬芳醉人，遠播數里，因此得了「七里香」的美名。別於眾人喜愛的華美馥郁，我和爺爺更喜歡這股素雅清香，時常在月色皎潔的庭園裡，沉醉於花香撲鼻間。

孩提時期，爺爺在老家門外有一片小菜園，我們祖孫倆每天早晨都手挽著手，一起去照顧滿園的青菜瓜果。爺爺辛勤耕作時，我便在一旁「拈花惹草」。拔幾片鳳仙花的葉子，在手心搓揉成泥，輕輕的覆在指甲上，不一會兒，將花瓣拿開，指甲便好像塗了指甲油一般，紅豔豔的。再抽出胭脂花的花絲，緊緊地壓在耳垂上，最後折一枝豔麗的玫瑰在鬢邊，便好像成了童話故事裡的公主似的，在百花叢中又跑又跳。我愛玩花，但唯獨不碰月橘，因為那是我和爺爺最喜歡的花，要留著和爺爺一起欣賞。

從老家庭園向西北方望去，是一片浩瀚無邊的海，每到黃昏時刻，夕陽便好似在海面上撒下一張金黃的大漁網，海天一色，映著無際的麥田，那風景真是美極了！這時，我和爺爺便滿心期待的坐在大門前的台階，看著彩雲變幻莫測，一下萍水相逢，隨即又各奔東西，上演了一齣又一齣聚散離合。最後在夜色追趕下，倉促地離開了天空，只留下一抹淡淡的月橘花香，在夏夜中若隱若現。

依稀記得某一年暑假，來了一場好大的颱風。詭譎的夜裡，雨水打在玻璃窗上，有如萬箭齊發般的氣勢，似要把世間萬物全都摧毀。我望向窗外，狂風呼嘯而過，把一排大樹吹彎了腰，不禁開始擔心起那在風雨中孤立無援的月橘。隔天一早，我便心急如焚地拉著爺爺到老家一探究竟。只見地上落英繽紛，平常的萬紫千紅全都七零八落的倒在水窪裡。我又驚又急，連忙轉向身後的爺爺，爺爺牽起我的手，繼續前行。終於在水缸旁不遠處，找到了我心心念念的月橘——枝葉被吹落了一大半，點點芳菲全都泡在雨水裡。我忍住淚水，握緊爺爺布滿厚繭的手，低著頭緩緩走回家中。那段五分鐘不到的路程，我心中卻五味交陳，這場颱風摧毀的不只是滿園子的花、我最愛的月橘，更是我和爺爺的回憶。看到家門時，爺爺摸著我的頭說了：「花會再開的。」爺爺溫暖的笑容如流水一般滲入心扉，原來真正的回憶，是長存在心裡的，無論風吹雨打，依然雋永美麗。

雨生雨，月迭月，終於在某個月光流瀉的夜晚，花開了。

曾經我以為，爺爺可以一直健康的陪在我身邊，但就在升小六的那個暑假，爺爺因病入住加護病房。當我看見他脆弱的蜷曲在病床上、任由曾經細心保養的頭髮雜亂無章，我才意識到他的衰老。眼淚滑過臉頰，落在曾經被他拉拔過無數次的手腕上。隔天，爺爺轉往臺灣的大醫院就診。我獨自一人來到老家的庭園，澄藍的天空中浮雲四處飄散，平常爭奇鬥豔的花如今卻開得稀稀落落的，一股說不出的忐忑突然襲上心頭，我邁著急促的腳步向前，只見月橘的花落了一大半，葉子也幾乎都乾枯了。我撿起花瓣，卻沒有一絲絲香味飄出……。

那年夏天，屋子裡少了爺爺爽朗的笑聲，水缸旁的月橘也不再開花了。秋天過去，北風颳下月橘的一片片葉子，落在空蕩蕩的花圃上，又在幾場春雨過後，深深地被埋進泥土裡。之後的日子，我依然走過繁花似錦的庭園，眺望遠方綿延的山巒，過著和從前沒有兩樣的日子。只不過老家庭園裡，卻再也沒有出現那股淡淡清香。

隨著年齡增長，關於爺爺的那些珍貴回憶，也漸漸地被埋沒在無邊無際的書海中。直到多年後的某一天，我無意在相冊中瞥見與爺爺的合照，照片中爺爺如暖陽般的笑容，依舊是那麼燦爛。翻著相簿，淚水竟不自覺地落下。我怔怔望向窗外，朦朧間，繁花遍地盛開。

那細細小小的白花，也綻放著。

賞析

石曉楓／文

本文開頭便以抒情華麗的筆墨渲染出多采而寧靜的傍晚景致，小白花於斑斕背景中優雅亮相，即刻點題。第二段起更加濃墨重彩，以各色妍麗的花朵擎出月橘之純潔。色彩的視覺映照之外，本段再敷染上「七里香」的嗅覺瀰散，層層堆疊，眾星拱月地托出月橘之素雅清香。然而花兒猶非主角，真正的人物是爺爺；清幽宜人的不只是花香，更是祖孫之間的情懷。

作者自此開始鋪敘自己與爺爺相處的日常點滴，此數段寫來，略有蕭紅《呼蘭河傳》的風味，卻自具在地特色。小菜園裡爺爺蒔花弄草，我則在旁玩耍，鳳仙花瓣、胭脂花絲，都是金門孩童兒時自得其樂的自然玩物。即連傍晚時分與爺爺坐看夕陽，作者淡筆描摹，寫來亦自在舒心，呈顯出金門孩童獨特的童年成長記事。

然而柔美筆觸裡，聰明的作者其實已預埋了伏筆，我和爺爺「坐在大門前的台階，看著彩雲變幻莫測，一下萍水相逢，隨即又各奔東西，上演了一齣又一齣聚散離合。最後在夜色追趕下，倉促地離開了天空，只留下一抹淡淡的月橘花香，在夏夜中若隱若現。」此段文字以景寫情，暗示了「大都好物不堅牢，彩雲易散琉璃脆」的傷感情懷，果然此後柔美的背景漸逝，颱風、花落、爺爺病逝，院子裡的月橘，也隨之花落枯乾、香味不復聞。爺爺雖已成相冊中的身影，但「花會再開的」，回首童年往事，爺爺溫煦的笑容仍如小白花般綻放，回憶也將長存如一縷幽香。

作者寫情如月橘般淡雅，微帶傷感卻不濫情，文末且有林海音〈爸爸的花兒落了，我也不再是小孩子〉式的啟悟，儼然為一篇有味的成長記事。十八歲少女筆觸如此優雅，深諳內斂之美，做為金門文藝後起之秀，周怡秀值得寄予期待。

跋

如何測量浯島文學的深度

石曉楓

還記得二〇二一年在金門文學評獎後的會場，鈞堯將我拉到一邊，表示文化局長有事相託。源於吳鈞堯長期關注與致力於金門文學的寫作與推廣，希望能讓在地子弟更熟悉浯島文學與作家，並從歷史與文學薰染中，凝聚故鄉意識，因此向局長舉薦由我主編一套《金門文學讀本》，這是計畫之緣起。當時我們商定應由兩人共同執編，並開始思索如何向文化局提出計畫案。

之後，幸得優秀助理李鴻駿先生加入團隊，為計畫案的前置及撰寫工作盡了極大心力。我們在確定讀本編撰將以兩階段方式分期進行申請之後，便於二〇二二年三月起，展開密集的會議討論。首先，關於讀本選錄作品的考量，當然必須以金門作為素材；至於作家身分，則先設定限於縣籍作者，或曾在金門服役及駐縣作家。其次，我們規畫了一套問卷設計，以地區熱愛藝文的國、高中生為對象，並邀請部分教師參與，總計約百人次，開始進行大規模的訪察，希望能確實反映出地區青少年學子及教師對於《金門文學讀本》編纂的意見。一項有趣的觀察是，在最喜歡閱讀的文類當中，小說佔最大多數、散文次之，詩與報導文學則並列第三。然金門創作者實際上較集中於散文及詩之書寫，小說、報導文學作者相對稍少。至於對文學的熟悉度部分，初步篩選的名單中，可以發現教科書作家如瘂弦、洛夫，以及金曲獎歌手流氓阿德等知名度較高，此與當前學子對文學接觸管道的狹隘，以及整體藝文環境的流行趨向一致。

在第一階段的計畫執行過程中，我們一方面分析問卷結果，一方面持續關注金門文學資料的動態蒐集，最後依據問卷的期待、作家代表性、世代傳承以及作品質量等多方考量，確認納入小說、詩歌、散文、報導文學四大文類，並擇選出認為值得推介的作家，凡此系統性規畫過程及遴選理由，都呈顯於成果報告書中。第二期申請案通過後，自二〇二三年初起，我們便開始緊鑼密鼓地執行。為免於偏執之弊，此階段除了徵詢作家授權意願之外，亦邀請創作者本人推介自己的佳作數篇，結合兩位編者廣泛的閱讀，最終決定選錄之作品。而在前期問卷調查中，統整出關於作品評析部分，青年學子最想了解的，首先是「作家撰文時空背景與書寫目的」，其次則是「文本內部隱喻或技法的詳盡分析」。篇幅所限，雖然無法暢所欲言，但兩位編者都盡量朝此方向進行賞析之撰寫，也根據問卷所呈現的期待，加入作家小傳，以及在封面、內頁設計部分，力求風格的活潑與雅致。

從計畫緣起到撰稿完成，三人小組開了無數次會議。此外，特別感謝凌性傑、李卓恩老師參與期中及期末審查，並給出極多積極性的建議，我們也虛心採納。最終完成散文十家、新詩十三家、小說五家、報導文學二家，總計卅家作品的賞析，並分為兩冊出版。承蒙三任文化局長的鼓勵與玉成、金門文化局承辦人員的協助，凡此我們都銘誌於心。

在作家授權部分，助理鴻駿花了極大精神與氣力，遺憾的是或因始終聯繫不得、或因各種內外緣因素，仍有公孫嬿、洛夫、鄭愁予及黃克全四位作家作品，我們無法取得授權。公孫嬿本名查顯琳，曾於一九五一年及一九五四年兩度駐防金門，抵金前已是成名作家。無論就個人創作歷程或戰地文藝貢獻而言，公孫嬿金門時期的作品都有重大意義。鄭愁予因為入籍金門以縣籍入列，洛夫曾在金門服役，兩位知名詩人作品也成為遺珠之憾。此外，作家黃克全的詩及小說作品，因故未能收錄。其他如近期廣受注目的作家黃山料等，限於讀本選輯之篇幅，我們無法面面俱到，凡此遺珠，也推薦讀者多方參閱。

對於此套讀本，地區子弟有些什麼樣的期待呢？根據問卷統計結果，排名前三的選項分別為希望「對金門文學的內容有更多認識」、「瞭解金門文學各階段發展」，並能「激發自身創作的靈感與欲望」。我們想為金門做點事，勤懇編撰完成之餘，也期待不負所託。最後，希望兩冊《金門文學讀本》的結集，是眾多文學推廣計畫的開始，而非結束。

文學筆記

文學筆記

國家圖書館出版品預行編目資料

浯島潮聲：金門文學讀本．詩歌、散文卷／管管，許水富，寒川，白靈，王婷，牧羊女，張國治，李子恆，蔡振念，翁翁，洪進業，流氓阿德，辛金順，楊牧，林媽肴，洪春柳，焦桐，洪玉芬，吳鈞堯，石曉楓，林靈，周怡秀作；陳國興總編輯．-- 初版．-- 金門縣金城鎮：金門縣文化局，民 112.12
面；　公分

ISBN 978-626-7215-69-2（精裝）

863.3　　112019898

浯島潮聲
金門文學讀本
詩歌、散文卷

出版單位　金門縣文化局
發 行 人　陳福海
總 策 畫　呂坤和
作　　者　管管、許水富、寒川、白靈、王婷、牧羊女、張國治、李子恆、蔡振念、翁翁、洪進業、流氓阿德、辛金順、楊牧、林媽肴、洪春柳、焦桐、洪玉芬、吳鈞堯、石曉楓、林靈、周怡秀
總 編 輯　陳國興
主　　編　李海瑩
編輯委員　周祥敏、顧孝偉、蔡其鈞、翁慧玫、胡小玲
執行編輯　陳筱君、陳睿毅、楊肅民
審查委員　李卓恩、淩性傑

執行單位　中華民國筆會
計畫主持　石曉楓、吳鈞堯
專案編輯　李鴻駿
校　　對　吳美滿
美術設計　李偉涵
插畫繪製　郭鑒予

地　　址　金門縣金城鎮環島北路 1 段 66 號
電　　話　082-323169
網　　址　http://cabkc.kinmen.gov.tw/
印　　刷　松霖彩色印刷有限公司
初版一刷　中華民國 112 年 12 月
I S B N　9786267215692
G P N　1011201690
定　　價　新台幣 320 元